CW01496605

MARIAGE
EN DOUCE

La Promo, Stock, 2004.

Fleurs et couronnes, Stock, 2008.

En collaboration :

Une famille au secret (avec Géraldine Catalano), Stock, 2005.

*La Nuit du Fouquet's (*avec Judith Perrignon), Fayard, 2007.

La Femme fatale (avec Raphaëlle Bacqué), Albin Michel, 2007.

Les Strauss-Kahn (avec Raphaëlle Bacqué), Albin Michel, 2012.

Le Mauvais Génie (avec Vanessa Schneider), Fayard, 2015.

Ariane Chemin

MARIAGE EN DOUCE

Récit

ÉQUATEURS

© Équateurs, Paris, 2016.

contact@editionsdesequateurs.fr
www.editionsdesequateurs.fr

Ind'un tango stringhjimi torna cun amore
Dumane inseme cara ùn balleremu più
D'altri bracci ti feranu scurdà dì me
Dumane sera sempre la stessa bugia.

Étreins-moi encore avec amour dans un tango
Demain ensemble mon adorée nous ne danserons plus
D'autres bras te feront m'oublier
Demain ce sera toujours le même mensonge.

Ultima Strinta (La Dernière Étreinte),
tango corse.

PROLOGUE

C'était une soirée corse, sans étoiles, encore lourde de l'arôme des cistes et du parfum d'iode du maquis : une eau noire et tentatrice dans laquelle on plongerait volontiers si un sixième sens ne vous retenait par le cou. « *Sais-tu que c'est là-haut que se sont mariés Romain Gary et Jean Seberg ?* » Un ami insulaire qui quittait rarement son île et voyageait dans les livres me montra du doigt un village de la Gravone, sur la route entre Ajaccio et Bastia. Sa vallée avait abrité les noces d'un double prix Goncourt et de l'égérie de la Nouvelle Vague. J'avais ressenti une fierté dans sa voix.

Comme lui, j'avais songé à la mort de Seberg, percutée ensuite par le suicide de Gary – cette balle de revolver dans sa bouche, une après-midi avant Noël, et ce mot laissé au pied de son lit : « *Aucun rapport avec Jean Seberg. Les fervents du cœur brisé sont priés de s'adresser ailleurs.* » Tout le monde a tourné et retourné cette formule mystérieuse : était-ce une vérité testamentaire ou alors un déni, signifiant l'inverse de ce qu'il disait ? Leur vie avait été labourée par les chroniqueurs et les biographies, mais leur amour restait un mystère. Nul n'était remonté à la source, à ce jour où ils s'étaient dit oui. La clé de cette énigme sentimentale se cachait peut-être dans le jour des noces.

Personne n'avait rien su de ce mariage en douce. Le monde entier avait raté l'union de *La Promesse de l'aube* et d'*À bout de souffle*. Il aurait dû faire la « une » de tous les magazines, de *Life* à *Paris Match*, de *Jours de France* à *Vogue*, et même du *Harper's Bazaar*, mais aucun photographe n'avait saisi de cliché de la fête, aucun témoin n'avait raconté les noces de ces deux mythes. L'actrice et le romancier, un duo de légende, et pourtant aucun récit, aucune trace. Le crime était presque parfait.

Par quel lacet de l'imaginaire ce mariage s'est-il mis à me hanter ? L'enfant bohème de Vilnius uni à la petite Wasp déboulant des plaines de John Wayne et de Ronald Reagan. Une éducation européenne, et une enfance américaine. Vingt-quatre ans pour elle, quarante-neuf pour lui. Comme tout le monde, j'avais lu Gary, ce héros qui sait si bien parler des femmes, mères, putains ou fiancées. Je l'avoue, j'étais moins sensible à son épopée virile qu'à la fragilité un peu déjantée de Jean. J'ai toujours eu un faible pour les âmes errantes vouées aux passions barzingues. Dans le couple, c'est elle qui m'intriguait. La blonde. L'ardente, l'amoureuse, l'idéaliste. La pin-up. La fêlée.

J'ai eu envie de m'adresser à la Corse. L'été, est-ce la saison des romans de Gary ? En août 2014, je suis partie à Ajaccio sur leurs traces, au prétexte d'un reportage. À cause des nuages qui enveloppaient cette cérémonie, j'avais l'impression de partir loin, très loin, vers une péninsule de l'imaginaire. Pour quelle raison ce jour solennel me semblait-il une dinguerie ?

Ça n'avait pas été une fête extravagante, où Jean aurait dansé pieds nus et Romain plongé tout habillé dans le golfe d'Ajaccio, mais une noce abandonnée sur le bord de la route par les biographes de Seberg et de Gary. Ensemble, ils avaient tant travaillé à sculpter leur couple en œuvre ; pourquoi ce mariage pareil à une esquive – Jean et Romain, deux clandestins dans le maquis ?

I

L'union avait été célébrée « *le mercredi 16 octobre 1963, à Sarrola-Carcopino, Corse-du-Sud* ». Les biographies des deux stars en consignent avec précision la date et le lieu, mais, première étrangeté, sans ruban ni frou-frou. Aucun détail sur la cérémonie, la toilette de la mariée, l'humeur de Gary. Seuls quelques ouvrages, réputés les plus sérieux, précisent que le couple avait passé sa nuit de noces à l'hôtel Campo dell'Oro, près de l'aéroport d'Ajaccio.

J'y ai posé ma valise. C'est un établissement de style Hilton pour stewards, hôtesses et pilotes, glissé entre les pistes et les rails du « petit train » qui grimpe d'Ajaccio à Corte. Depuis ses balcons, les avions ressemblent à des gros goélands qui se posent sur la mer.

La mémoire hôtelière retient la montre abandonnée par Omar Sharif au barman après une
partie de bridge qui avait mal tourné, des ren-
contres d'amicales gaullistes, mais, bizarre-
ment, aucune trace de leur escale dans le livre
d'or. « *J'ai Brel, Brassens, Bécaud, mais ni Seberg
ni Gary* », vérifie la propriétaire du Campo.

Bizarre, mais logique : l'hôtel a été
construit en 1969, six ans après le mariage.
Gary a brouillé les pistes.

Les exégètes de l'écrivain ont cru trouver
l'explication du choix du village de Sarrola :
son maire était un « *ancien combattant de la
France Libre* », lit-on dans les livres. Tout le
canton sait pourtant que Natale Sarrola, un
radical de gauche rond et consensuel, n'aurait jamais osé revendiquer ce titre de gloire.
« *Pendant la guerre il est resté au village sans faire
grand-chose* », confesse à voix basse Paul Leca,
le maire de Valle-di-Mezzana, un village voisin. Plus de doute, cette fois. Gary a enfumé
ses biographes.

Quand je pense que je me suis crue plus
maligne : j'avais trouvé *the* photo. Diego Gary,

le fils de Jean et de Romain, m'avait aimablement prêté l'unique relique du jour J enfin. Croyais-je. Un petit rectangle noir et blanc, un peu surexposé, qui transforme la Gravone en estampe japonaise. Le seul souvenir du mariage de ses parents, qu'il situe, dans *S. ou l'Espérance de vie*, son premier livre, à l'église de Porto-Vecchio.

Le couple pose sur la *piazetta* de Sarrola, juste devant la mairie. Pas de voile ni de robe nuptiale, de frac ni de tralala, juste un couple cintré comme des bourgeois des Trente Glorieuses. Lui dessine de sa main droite le «V» de la victoire. Elle, timide, affiche un air absent qui ne colle pas du tout à la circonstance. Autour d'eux, quatre inconnus. Je me doutais qu'il devait s'agir de témoins du mariage et du maire du village.

J'ai rangé mes livres et pris la route de Sarrola. Je voulais superposer la photo d'autrefois au décor d'aujourd'hui, trouver l'angle de la prise de vue, m'asseoir sur le muret du village, qu'on aperçoit dans leur dos. Pas de bonne enquête corse sans une station sur le *pusato-*

ghju : un siècle que le même soleil réchauffe
ses vieilles pierres, ses romances d'un été, ses
puttachji, ses pia-pia, ses ragots. Sur un muret
corse on trouve toujours un ancien militaire, un
gars de la Marchande ou de l'Indo rentré de
Caracas, de Saïgon ou de Valparaiso. Je connais
un village de la même vallée où un homme s'est
assis chaque été à la même place, soixante ans
durant, comme dans une concession.

Je n'ai pas attendu dix minutes que le
chœur du village faisait déjà cercle autour
de moi. Vieilles dames de carte postale, robe
noire et chignon blanc, hommes bien mis
en chandail à boutons et souliers cirés. Chacun s'est penché sur ma photo comme des
bienveillantes sur un nouveau-né. « *Lui, c'est
M. le maire et, à côté, le cousin François, qui faisait secrétaire de mairie* », m'explique Martine
Pietri, seule veuve, au village, à se souvenir
de cette journée de l'automne 1963. Martine
écrase son index sur le couple de témoins qui
pose à gauche de la photo : « *Eux, ils ne sont pas
d'ici.* » D'après quelques ouvrages consacrés à
Gary, les témoins sont des Versaillais natifs du

Doubs – Charles et Françoise Feuvrier, eux aussi disparus.

Un couple suicidé, deux Corses dans le cimetière de Sarrola, deux autres inhumés chez eux, près de Montbéliard : plus personne ne pourra m'éclairer sur le choix mystérieux de ce village de la Gravone, ni me rassurer sur la traîne de tristesse de Jean Seberg, âme fragile qui succombait en quatrième vitesse aux vertiges du chagrin. Je pouvais plier bagage et rentrer à Paris. Dans l'avion du retour, je m'étais demandé qui avait bien pu tenir l'objectif. Puis j'avais pensé à autre chose. On oublie trop souvent l'auteur de la photo.

La réponse est arrivée par la poste quelques semaines après la publication de mon reportage. Coup de théâtre : un lecteur me signalait un autre cliché. Sur cette nouvelle photo, adressée sans nom d'expéditeur, une autre personne s'était installée à la place de l'homme en costume gris et cravate noire : c'était le général Feuvrier, corrigeait le lecteur sur un petit mot. Sept personnes avaient donc assisté à la noce. Cette fois, le mariage de Jean et de Romain ressemblait à du Agatha Christie.

Nouveau coup de revolver dans le concert : un Corse exilé sur le continent me téléphona pour identifier le parfait inconnu qui apparaissait sur le premier cliché, celui prêté au *Monde* par Diego Gary et qui avait dû, ce jour-là, tenir aussi l'appareil. « *Il s'appelait Domy, un ancien du renseignement* », m'expliqua-t-il de sa voix tremblée. Dans son souvenir, le septième homme venait de la forêt de l'Ospedale, sur les hauteurs de Porto-Vecchio. Il se souvenait de lui à l'époque où la station n'était qu'un petit village et l'extrême sud de la Corse un vaste marécage.

Ses parents avaient voulu l'appeler Dumè, mais l'état civil refusait alors les prénoms corses : ils ne s'étaient sans doute pas résignés à Dominique et avaient transigé pour Domy. C'étaient, se souvenait-il, des gaullistes de la Corse-du-Sud, comme les Rocca-Serra, un clan qui veille de génération en génération sur Porto-Vecchio ; une famille riche mais discrète « *qui ne faisait pas de valses, comme on dit chez nous* ». Mais il n'était pas sûr de lui « *à cent pour cent* ».

Au téléphone, la voix se souvenait d'un homme *zitt'è mutu* – taiseux et muet. « *Une vie de missions et de secrets, un vrai roman* », ajouta-t-elle, comme la Corse en recèle tant. Domy devait être le grand organisateur de ce mariage en catimini. Un Corse, un militaire, un agent du renseignement : tout avait été calculé pour laisser la blanche noce dans l'ombre.

« *In bocca chjusa un c'entri mosca*, avait soupiré mon mystérieux interlocuteur, *dans une bouche fermée une mouche ne rentre pas.* » Colonna-Cesari avait certainement juré silence. Il ignorait si ce dernier témoin du mariage à Sarrola était encore vivant. Avant de me souhaiter bonne chance, il s'était souvenu que ce Domy était un fou de tango.

Le général Charles Feuvrier, Romain Gary et Jean Seberg,
le maire Natale Sarrola, Françoise Feuvrier et le secrétaire
de mairie.

II

La rumeur corse m'avait recommandé le dancing du hameau de Ribba. L'inconnu y avait longtemps eu ses habitudes le dimanche soir. Je glissai la photo-talisman dans ma poche et pris la route de la Plaine orientale, longue ligne droite qui incise le littoral corse de Bastia à Solenzara entre lotissements et marais asséchés. Dans la voiture me sont revenues quelques lignes de *La Promesse de l'aube*, celles de l'arrivée des huissiers dans l'appartement de Vilnius, après plusieurs loyers impayés par Mina, la mère de Romain. Le jeune garçon s'était élancé sur le parquet débarrassé de ses meubles et des tapis pour un tango vengeur avec une demoiselle imaginaire. Cette pensée triste qui se danse, ces adieux sans retour, c'était tout Gary.

Qui m'avait fait entendre un jour ce tango de Lopez Franco, *Los Canfinfleros* ?

> *Je suis le joli marlou*
> *À l'élégante dégaine*
> *Sur qui les jobards louchent*
> *Avec une envie chienne*
> *Quand ils me voient m'promener*
> *Au bras de ma poupée.*

En longeant les tristes plages de sable gris, j'avais chantonné l'air de la poupée et du marlou. Ça collait si bien au diplomate encanaillé et à la petite Jean, figée comme une figurine de porcelaine, sur la photo noir et blanc prêtée par Diego Gary.

À San-Gavino-di-Carbini, un panneau annonçait le dancing A Stella, L'Étoile. Une vraie Croix du Sud dans ma nuit. Des voitures descendues des villages environnants s'étaient déjà garées au pied d'une fontaine en pierre, entre les oliviers noueux ; des chats sauvages venaient cracher devant les couples en bas résille et costumes brillants. « *Domy ?* » « *Domy…* » Personne ne connaît l'homme que je recherche. Un danseur aux cheveux gominés comprend enfin qui je poursuis. « *Vous voulez parler du Colonel ?* »

Domy a sa table réservée au bord de la piste : un petit carton rectangulaire à son nom. Il veut pouvoir se lever dès que les guitares jouent les premières notes d'un boston, valse lente qu'il est le dernier ici à savoir danser. J'ai tout de suite reconnu son port de tête à la David Niven et cette assurance des *sgio* – les notables –, comme l'extrême sud appelle les propriétaires de terres et de champs de chênes-lièges. Il avait conservé la fine moustache d'hidalgo de sa jeunesse et portait à son doigt une chevalière à armoiries.

On m'avait prévenue : le Colonel ne faisait pas ses quatre-vingt-quatorze ans. Engagé en Espagne à dix-huit, gaulliste de la toute première heure et méhariste en Mauritanie, il était revenu de trois séjours en Indochine avec une blessure de guerre à la cuisse : une balle était passée entre le fémur et l'artère. On devinait dans ses yeux qu'il avait vu du pays. Enfant, il avait attrapé le palu, comme tant d'autres dans le coin avant que l'armée américaine ne l'éradiquât, mais aujourd'hui sa belle santé forçait l'admiration. Il n'y avait personne dans le dancing pour parler de lui avec la condescendance qu'on réserve aux hommes âgés. Allure sèche, pas précis et sûr des conquérants, le Colonel continuait à en imposer.

Chez Rita on danse le tango des villages, celui des lampions et des bals du 15 août. Sauf Domy. Adolescent, il avait appris ses premiers pas de paso doble chez Napoléon, dans l'arrière-salle de l'Alba, près de la place de Porto-Vecchio. Mais, en « *trente ans d'armée dont vingt de para* », cet habitué des bals du gouverneur avait eu le temps d'adopter le maintien des légations étrangères. Ne pas sortir du cercle de craie imaginaire dessiné autour de soi : il évolue devant moi sur la piste d'A Stella comme un vrai *porteño* de Buenos Aires.

Je fixe la boule à facettes un peu kitsch qui enveloppe d'un halo les couples tourbillonnants. Éclats verts comme sur la devanture de la pharmacie d'Ed Seberg, à Marshalltown, où le père de Jean passait sa vie à l'exception du jour du Seigneur. Dans les années 1950, au-dessus des allées coquettes et des jardins bien alignés de la ville, la croix du drugstore des Seberg était le seul fanal capable d'allumer les rêves précoces de la petite Jean. C'était Broadway dans l'Iowa, mais le vert, le même que celui clignotant dans le dancing de Ribba, avait des accès de pure tristesse.

L'orchestre joue *Écris-moi* de Tino Rossi. J'aimerais tant recevoir un jour une lettre du Colonel me racontant la romance de Jean et de Romain. Je rêve de glisser ma jambe entre ses pas de danse comme on glisse un pied dans la porte entrouverte d'un magasin de souvenirs. Sur l'estrade, les guitares et l'accordéon se font plus dépressifs.

Étreins-moi encore avec amour
Demain ensemble mon adorée nous ne danserons plus
Sur cette terre ma passion c'est toi
Viens danser, la vie est trop amère
Une guitare j'entends jouer...

Viens ici, dans une ultime étreinte
Près de toi je veux oublier
Ne t'en va pas mais fais-moi encore croire

Que j'ai rêvé et que tu es toujours à moi
Dans mon cœur j'ai gardé la foi.

« *Viens danser, la vie est trop amère* », « *Ne t'en va pas mais fais-moi encore croire* »... On dirait une chanson d'Europe centrale, comme celles chantées le soir par Mina à son fils, dans les années 1920. Ce sont les paroles et la musique d'*Ultima Strinta*, la dernière étreinte, tout le patrimoine des anciens des villages, le plus désabusé des tangos de l'île.

La voix du Colonel se pose sur la table devant moi. « *Vous dansez ?* » J'ai oublié mes talons mais je danse, évidemment.

III

Il était environ deux heures de l'après-midi, se souvenait Domy, quand l'avion militaire s'était posé à Ajaccio. Mon cavalier se rappelait que le 16 octobre 1956 était un mercredi. Sur le tarmac de Campo dell'Oro, anciens champs de blé transformés en pistes d'aéroport, deux voitures militaires guettent les trois mysté-rieux passagers embarqués à Villacoublay une heure et demie plus tôt. Lui-même est arrivé avec quatre jours d'avance de Paris. Il patiente au volant d'une voiture banalisée dépêchée de la base aérienne de Solenzara, stationnée sur la piste comme un fauve aux aguets.

Éblouis par la lumière crue du golfe, Jean et Romain s'immobilisent quelques secondes au pied de la rampe. Une gueule, un ovale. Un profil de lanceur de couteaux, une blondeur et des fossettes. L'écrivain laisse un court instant le soleil d'automne réchauffer sa peau cuivrée et plisse ses lourdes paupières avant de reprendre ses précautions d'homme traqué. L'actrice sort ses lunettes noires de son sac en croco et sourit timidement à l'élégant Corse de quarante et un ans, en cravate noire et costume gris, qui avance à leur rencontre : c'est le capitaine Colonna-Cesari.

Le matin, Jean a insisté : Romain doit enfiler un costume cousu par ce merveilleux tailleur grec déniché à Paris, ou au moins un de ceux *made to measure* à Savile Row. Depuis ses années londoniennes, le diplomate tente de donner à sa silhouette massive et si slave une élégance plus *british*. Promis, pas de poncho bolivien ou de cuir, de blouson d'aviateur, de médailles et de décorations aujourd'hui ? avait grondé Jean. Entendu, *darling*, entendu. Il y a le Gary consul général bien mis et le Gary écrivain qui se déguise en personnage de roman. Pour ce jour d'exception, la mariée souhaite qu'il se glisse dans la peau du premier.

Depuis qu'ils vivent ensemble à Paris, déjà deux ans et demi, Romain a initié sa jeune fiancée à la haute couture : Dior, Givenchy, Paco Rabanne, plus en vue encore... Courrèges vient seulement de présenter son premier défilé. Leur *love affair* coïncide avec le retour au pouvoir du général de Gaulle. Les salons du Quai d'Orsay et les belles soirées du gaullisme leur sont grand ouverts, et Gary veut y faire de *sa* Seberg une ambassadrice de la mode française.

Ce mercredi matin, Jean a choisi dans sa garde-robe un petit manteau trapèze comme en raffolent Jacqueline Bisset et les *sixties*. Elle a soigné sa mise en plis. Depuis *À bout de souffle*, deux ans plus tôt, l'actrice a laissé pousser ses cheveux. Dommage, cette coupe garçonne, c'était tellement elle. Son agent lui a expliqué que la Nouvelle Vague n'était pas tout : il serait astucieux qu'Hollywood pensât de nouveau à elle. Entre l'Amérique et la France, le glamour et le *french style*, le cœur et le corps de Jean ont toujours balancé.

« *Mon général…* » « *Domy…* » Colonna s'est avancé pour serrer les mains du trio débarqué de Paris. Les talons claquent sur le tarmac. Le couple vedette est accompagné par Charles Feuvrier. C'est un colosse au crâne de catcheur qui domine tout le monde d'une tête, y compris le mètre quatre-vingts de Gary. C'est aussi le grand oublié des biographies. Feuvrier a quitté le Haut-Jura en juin 1940 pour rejoindre à Londres les Forces françaises libres. À Hartford, où les Français ont été regroupés, il a retrouvé les bombardiers de l'escadrille *Lorraine*. Parmi eux, un certain Gary de Kacew.

Le marié et son témoin se sont connus dans les airs, comme deux as. Leurs avions d'attaque de type Boston ont bombardé l'Europe sans répit pour préparer le Débarquement. Le 25 novembre 1943, alors que Gary s'affairait à détruire une rampe de lancement V 1, au-dessus de Saint-Omer, une balle de la DCA allemande avait traversé la carlingue du bombardier. Gary fut sauvé par la boucle de son parachute. Il s'en était sorti avec une blessure à l'abdomen, et une discrète paralysie faciale.

On prenait cette raideur pour une grimace, un pli dans le masque de clown triste que l'écrivain quittait si rarement, même aujourd'hui, à quelques heures de la noce.

Gary et Feuvrier. Depuis la Libération, chacun, à sa manière, continue de porter les couleurs gaullistes. Le « Vieux » demeure le dieu du panthéon intime du diplomate-écrivain, la seule autorité qu'il a respectée toute sa vie avec sa mère, générale à sa manière. Il est *The man who was France*, selon le titre de son article dans *Life*, le soir des obsèques à Colombey-les-deux-Églises. L'image avait fait le tour des terrasses moqueuses de Saint-Germain-des-Prés : au milieu des costumes sombres, le 12 novembre 1970, Gary, regard perdu et cheveux longs, portait, épinglées sur sa vieille vareuse, désormais étriquée, de capitaine d'aviation, sa Légion d'honneur, sa croix de guerre et celle qu'il plaçait au-dessus de toutes les autres, la croix de Compagnon de la Libération.

La guerre de Feuvrier s'est poursuivie de manière plus souterraine, au cabinet du ministre des Armées, Pierre Messmer, ancien légionnaire gaulliste bardé d'honneurs et investi de toute la confiance du nouveau président de la République. De l'intérieur, l'aviateur apprend à combattre l'ennemi, multiplie les opérations clandestines. En 1961, trois ans après le retour au pouvoir du Général, et alors que la rébellion fait rage en Algérie, il est choisi pour diriger la nouvelle Sécurité militaire. La SM a pour mission d'empêcher le renseignement soviétique d'infiltrer l'armée française, mais surtout de surveiller les agissements du FLN.

Sa redoutable Division des missions et recherches, notamment, doit s'opposer à tout noyautage de l'armée française par les activistes de l'OAS et identifier les militaires factieux. La SM fait liquider sans états d'âme par un truand lyonnais deux officiers du SDECE ralliés à l'Algérie française. Au début de l'année 1963, Feuvrier supervise aussi l'enlèvement à Munich du colonel Antoine Argoud, un dirigeant de l'OAS emmené ligoté dans une voiture militaire et déposé devant la préfecture de police de Paris, afin d'être traduit en justice et condamné pour félonie.

Dans les balbutiements de la Ve République, le gaullisme s'épanouit sur des liens forgés dans l'armée des ombres et inspirés par l'esprit de la Résistance. Ses fraternités ressuscitées s'égarent parfois dans les méandres un peu glauques des officines gaullistes et des services rendus. Un an avant les noces de Sarrola, le prix Goncourt a prêté main-forte à Feuvrier pour une mission clandestine contre l'OAS. Coup de main contre coup de main, le général de Gaulle et Pierre Messmer ont aussi été avertis début octobre, par Feuvrier, d'une insolite demande adressée par Gary : un mariage secret-défense.

Le ballet à Campo dell'Oro le prouve : la République tout entière s'est mise à la disposition du compagnon de la Libération. Les noces se déroulent sous le haut patronage des services secrets français, qui ont déployé un de leurs meilleurs agents, avion, voitures et protection. Sur la piste de l'aéroport, le comité d'accueil des futurs mariés a des mines d'agents secrets préparant un putsch ou un coup d'État. Les hommes sont en civil, alors que d'ordinaire, pour les mariages, les militaires sont fiers de former une haie d'honneur dans leur tenue de sortie, sabre au clair. Discrétion oblige, la SM ne porte jamais l'uniforme.

Françoise Feuvrier rejoint la petite troupe avec un peu de retard, à bord d'une Caravelle. C'est une femme charpentée un brin masculine, qui ne dépare pas dans ce commando de choc. Silencieux, mais vigilant, Colonna-Cesari observe en connaisseur les formes de Mlle Seberg, son mètre cinquante-six, ses hanches enserrées dans une gaine, devine-t-il, pas vraiment les canons des Colomba corses. Il n'est pas encore remonté jusqu'à son visage. Un visage d'enfant, s'étonne-t-il.

Françoise Feuvrier, elle, dévisage discrètement le Corse à la fine moustache qui veille sur l'expédition. Elle a toujours eu un faible pour ce capitaine qui la mène parfois avec son mari de Versailles à leur maison familiale de Charquemont, dans le Doubs. Domy a trouvé, l'été précédent, une villégiature en bord de mer au couple et à ses quatre filles. Pour une conduite sûre et toute mission délicate, le général Feuvrier peut compter sur ce second dévoué et astucieux. Il règle aussi bien des affaires de sécurité territoriale que familiales et lui a offert, il y a quelques années, un magnifique cadeau : un Smith & Wesson 38 en acier, un vrai revolver de western légué à Domy par un ancien militaire de Porto-Vecchio. Le général avait failli l'embrasser, puis l'avait emmené de son bureau à la salle d'armes des Invalides : « *Va, Domy, prends celui qui te plaît.* »

Jean et Françoise pressent le pas sur la piste goudronnée. Peut-être ont-elles cru partir outre-mer, loin de la civilisation et de son élégance engoncée – bref, aux colonies. Sans doute leur a-t-on dit que la noce aurait lieu dans un village de l'intérieur, qu'elles ont imaginé en plein maquis. Des ballerines en chevreau ont été préférées aux escarpins : des chaussures plates, les mêmes que celles de Patricia dans *À bout de souffle*, ce film sur la dérive d'un flingueur anar qui invite à emprunter le *wild side* plutôt que la nationale gaulliste. « *Pas de bouquet ?* » interroge Jean l'air mutin en s'engouffrant dans la voiture du capitaine Colonna. Pas d'orchidée pour miss Seberg, pas de champagne, ni de flonflons.

IV

On pense toujours à son premier amour,
quand on promet fidélité à un autre pour
l'éternité. Jean Dorothy Seberg a toujours pri-
vilégié les noces d'arrière-saison. 6 septembre
1958, Marshalltown, petite ville bordée de
champs de maïs et de lacs. À vingt ans et des
poussières, dans l'austère Trinity Lutheran
Church, la jeune protestante avait répondu
« *I will* » à son jeune Français. Ils avaient le
même âge, ou presque. Elle portait une robe
coquille-d'œuf dessinée par Guy Laroche et
ressemblait à une poupée de collection. Lui
revient aussi en mémoire l'imposant bouquet de roses blanches, tandis que le convoi
quitte l'aéroport en trombe. Cette fois, c'est le
capitaine Colonna qui tient le rôle de garçon
d'honneur et de chauffeur.

Les pasteurs conseillent la lecture de l'Ecclésiaste IV, 12 – « *la corde à trois fils ne se rompt pas facilement* » – ou des noces de Cana : Jésus avait sauvé la fête en changeant l'eau en vin qui venait à manquer. Aux « *Bible Camps* » où les expédiaient leurs parents, Jean, ses frère et sœur avaient appris avec ferveur ces versets de la première épître aux Corinthiens : « *L'amour prend patience, l'amour ne se vante pas...* » Pour elle, ce jour-là, l'orgue du temple luthérien de Marshalltown avait joué *O Lord most holy*, et le marié avait fait livrer de France champagne et caviar, via Chicago.

Elle avait rencontré François Moreuil un an plus tôt, sur la Côte d'Azur. Un patronyme à la Mauriac, mais une idylle américaine très Riviera. En juillet 1957, Otto Preminger avait choisi de porter à l'écran le roman phénomène de François Sagan, *Bonjour tristesse*. Le tournage se passait dans la maison des Lazareff, les mythiques patrons de *Elle* et de *France-Soir*, au Lavandou. Après moult hésitations, le réalisateur américain l'avait choisie pour jouer le « *charmant petit monstre* » amoral de Sagan, qui lézarde dans la vie comme sur le sable chaud.

À l'affiche avec elle, David Niven, Deborah Kerr, Mylène Demongeot. Séquences bains de mer et bronzage avant la terreur du soleil... Même Otto le dandy porte un short blanc.

Preminger n'a pas soumis son *casting* à Sagan, et Jean se souvient de sa rencontre glaciale avec la romancière. Sur les photos des présentations, elle rit aux éclats, mais Sagan affiche une mine de cocker boudeur. Le jeune prodige des lettres souffle des voiles de cigarette blonde dans les yeux de la comédienne. À l'époque, la presse n'avait pas réussi à creuser davantage : en vérité, l'écrivain à décapotable trouvait la comédienne trop « *américaine* » et « *sainte-nitouche* » à son goût. Jean était restée stoïque. Elle avait l'habitude. Son premier tournage avec Preminger avait été un chemin de croix.

Le film, c'était *Jeanne d'Arc*. Preminger voulait une héroïne inconnue et avait organisé à l'automne 1956 un concours à travers tous les États-Unis, mélange de rêve américain et de télécrochet. En finale, trois mille candidates sur dix-huit mille avaient surnagé. Jean en faisait partie. « *Do you want to become an actress ?* » interrogea Preminger pendant le bout d'essai. « *Very badly* », répondit la petite *country girl* de Marshalltown dans un sourire éclatant. « *Jeanne vient d'entrer, faites dégager les autres.* » Preminger n'hésite plus. Jean Seberg n'avait pas encore dix-huit ans et la voilà reine de l'Amérique, héroïne d'une émission de téléréalité un demi-siècle avant l'heure.

Le cinéaste venu de Vienne s'était révélé un tyran. Une blague acide de Billy Wilder circulait sur son compte dans les loges : « *Il faut que je sois très gentil avec Otto, j'ai encore de la famille en Allemagne...* » Le « Führer », son surnom, jouait les pygmalions de manière étrange. Avant le show télévisé qui avait offert le visage de l'heureuse élue à l'Amérique, le « maître » l'avait tondue. Il tenait lui-même les ciseaux. Jean Seberg était née, mais devenue sa créature, poings et mains liés comme une esclave à ce ponte d'Hollywood par un contrat de la Columbia.

Pour jouer la guerrière qui avait chassé les Anglais hors de France, Jean dut apprendre l'escrime et l'équitation, mais aussi entendre de la bouche de Preminger qu'elle était trop innocente, comme la Pucelle d'Orléans : « *Je reconnais les vierges à leur odeur.* » La dernière semaine du tournage, deux bouteilles de gaz cachées sous un bûcher en carton-pâte s'étaient enflammées prématurément. « *Moteur ! On tourne encore quelques instants !* » avait crié Preminger. Jean avait manqué de brûler vive, comme « Jeanne », et avait été transformée en momie, enroulée de bandelettes aux mains et aux pieds. Depuis, une cicatrice zébrait la peau douce de son ventre. Un point commun avec Romain. À chaque époque ses blessures de guerre et ses héros, ceux du ciel et des plateaux. Ils en riaient ensemble sous les draps.

« *Je vous aime tous. Surtout ne vous inquiétez pas pour moi.* » « *Continue d'écrire, mamie* »… Jean taisait ses malheurs dans les lettres à sa famille. Le cinéma vous avale, l'avaient prévenue ses parents, elle les avait assurés du contraire. Encore mineure, elle craignait que son père ne vînt la chercher à Paris pour la ramener dans l'Iowa. Elle réclamait dans ses lettres des « *chemises de nuit bien chaudes* » à sa grand-mère et à sa mère des culottes de couleur « *en taille petite et moyenne* », sans rien dire des blessures au fer rouge infligées par Preminger.

Pour tourner *Bonjour tristesse*, Jean a appris à nager le crawl et à parler le français, mais conservé sa coiffure de garçonne. « *Je les porte comme ça parce que je suis un soldat* », crânait dans son premier film la guerrière rebelle. Cette fois, sa coupe de cheveux devient le canon de la jeunesse *in* et frondeuse. Jean a troqué son heaume et sa cotte de mailles, treize kilos de ferraille, pour une tenue de parfaite *flapper*. Sur la Côte d'Azur, le tournage se fait en pantalon corsaire et maillot de bain une pièce. Qu'importe le costume : le visage épuré de Seberg est devenu un traité esthétique à lui seul.

« *Touche comme c'est lisse. Touche-les là derrière* », dit à son mari la jeune héroïne du *Jardin d'Éden*, le roman inachevé et posthume d'Hemingway. « *Touche sur la joue et touche ici devant mon oreille…* » Chaque matin, rite paternel et sensuel, David Niven plonge lui aussi ses belles mains d'homme dans la tignasse cendrée de Jean. Quand elle sort de l'eau, elle les sèche devant lui avec une serviette éponge, et ses cheveux restent dressés comme les épis d'une punkette d'aujourd'hui. Elle a l'air d'un garçon, et pourtant c'est la plus sensuelle des filles.

Son visage n'a besoin de rien d'autre que son ovale pur, sans artifice autour, mise en plis, bigoudis, anglaises ou voile de laque Elnett. Jean prolonge l'érotisme des Américaines aux cheveux courts qui avaient le diable au corps quand elles dansaient le charleston et déquille les canons de beauté des stars *made in Hollywood*. Mais aussi du *french style*. Au Lavandou, Jean provoque jusqu'au pied de Sénéquier la choucroute et les carreaux Vichy de BB, icône nationale adoubée par la France gaulliste, reçue à l'Élysée en spencer à brandebourgs.

Un jour de relâche, l'équipe de *Bonjour tristesse* est conviée par le millionnaire Paul-Louis Weiller au domaine La Reine Jeanne, à Bormes-les-Mimosas. Le capitaine d'industrie y reçoit chaque été le gotha des arts, de la politique et des têtes couronnées, Monaco, Paris en villégiature sur la « Côte ». « Paul-Louis » est généreux et snob. Tout le monde est bienvenu dans ses cocktails dès lors qu'on consent à descendre jusqu'à sa plage pour applaudir ses acrobaties à ski nautique. Le cap d'Antibes n'est pas loin : ses fêtes pleines de personnages fastueux ont le parfum fitzgeraldien des *parties* de Gerald et Sarah Murphy.

Chez « PLW » on croise Brando et Belmondo, Onassis, Georges Pompidou et Greta Garbo. *Jeanne d'Arc* a été un « *four international* » – Jean le confirme elle-même dans un accent charmant –, les critiques américains ont éreinté le film et son actrice, mais elle est devenue l'héroïne d'une affaire française. *Jeanne d'Arc* le film, La Reine Jeanne le domaine, « Djaine » Seberg la comédienne… Que de jeannes, rient les invités. *She's gorgeous*. Elle a parmi eux la grâce d'une collégienne.

On l'a placée à la table de Charlie Chaplin, un habitué des réceptions des Weiller, et conviée à s'asseoir à la gauche d'un play-boy de vingt-trois ans à la tignasse noire et brillante. Il parle l'anglais *fluently* et raconte son métier d'avocat d'affaires chez les *lawyers* de New York ; ses rêves cependant, explique-t-il à sa voisine, vont vers le 7e Art. Il connaît Bardot, Vadim et tous les dancings de Saint-Trop', mais fréquente aussi la bande des *Cahiers du cinéma*, glisse-t-il. François Moreuil, tout le monde aujourd'hui a oublié son nom. On prédisait pourtant à ce dandy à la beauté du diable le destin d'Alain Delon.

Il est un pilier de chez Castel, la boîte de nuit de la rue Princesse, fréquente la bande à Vadim, connaît la jeunesse du Tout-Paris. « *Il est comte, mais sa famille ne porte pas le titre, et c'est un écrivain merveilleux. Il a l'intention de devenir un jour réalisateur de films. Et il m'aime*, écrit Jean à sa meilleure amie de Marshalltown, quelques semaines après ce déjeuner dans le jardin des Weiller. *Il compte venir me voir dans l'Iowa. Lorsque j'ai été malade à la maison, il a été mon garde-malade. Quand je pleure, il pleure aussi.* » On dirait le début d'un roman épisto-laire d'une Américaine à Paris, *pilgrim* débarquée de Chicago pour Londres, à l'automne 1956, le jour de ses dix-huit ans, avec pour guide Baedeker sa Bible reliée en cuir blanc de la *Sunday School*.

Le zélé François ouvre à sa nouvelle fiancée les portes de la société parisienne. Ses cheveux tombent en boucles dans son cou, comme les *lions* des Grands Boulevards sur les gravures de mode du XIXᵉ. Il a un genre. Mais c'est aussi un sacré gommeux, comme on dit alors. Entre Jean Seberg et François Moreuil c'est une histoire de méprise, mais aussi de maîtrise de la langue, comme chez tant d'actrices anglo-saxonnes. En 1957, Jean ne parle pas assez bien le français pour saisir toutes les vanités du personnage.

Il la trouve belle et, chez les Seberg, on ne lâchait guère de compliments. La sœur de Jean deviendra d'ailleurs spécialiste des troubles du langage. La nouvelle mascotte de Marshalltown n'aime pas trop réfléchir. C'est l'un de ses talents, vivre dans l'immédiat. Elle trouvera toujours étrange que Romain commence ses livres par la fin, avant de remonter le fil de son histoire. « *Jean, will you have this man to live together after God's ordinance in the holy estate of matrimony ?* » Ils n'ont pas quitté Campo dell'Oro depuis cinq minutes qu'elle a déjà jeté derrière son épaule les images du jeune homme en jaquette dans le temple de Marshalltown.

V

Romain Gary laisse tomber par la vitre la cendre de son *puro* cubain et pose ses yeux sur la campagne ajaccienne. Il découvre son parfum d'immortelles, qu'on respire déjà au large, du pont des paquebots, à l'approche des côtes. Il ne connaît l'île ni de près ni du ciel : la Corse s'est libérée toute seule, en 1943, sans recourir aux Alliés. Pour lui, elle n'a qu'un arrière-goût de Nice, la ville de sa jeunesse, et de quelques amitiés éparpillées. Avant de devenir une part de sa clandestinité, l'île n'a jamais été qu'un vague horizon, de l'autre côté de la Méditerranée.

Avec l'argent du prix des Critiques, venu couronner en 1945 *Éducation européenne* et ses deux cent cinquante mille exemplaires, il avait acheté après la guerre, dans le village médiéval de Roquebrune, une ruine composée d'étables à mulets et d'une tour de guet, au milieu des figuiers d'un jardinet de curé. Au troisième étage de ce nid d'aigle sarrasin l'écrivain avait fait son antre. Quand il levait la tête des grandes feuilles de papier blanc qu'il noircissait à la russe, dans un seul souffle, Gary disait deviner les contours de la Corse, les jours de beau temps.

Sa première épouse, Lesley Blanch, lui avait parlé des roches rouges de Porto et de la citadelle de Calvi. Comme pour toutes les Anglaises extravagantes, les écrivains Dorothy Carrington (alias lady Rose) ou Agatha Christie, l'Ajaccienne miss Campbell, la Corse était le refuge de bandits d'honneur, de vendettas et de *mazzeri*, une île encore vierge de tourisme et pleine de promesses d'aventure. Elle ne devait absolument rien savoir de ce qui se tramait à Sarrola aujourd'hui.

Il avait rencontré Lesley en 1944, lors d'une soirée des Forces françaises à Londres. Les missiles pleuvaient encore sur la ville. À cause de ses blessures, Gary avait été détaché au quartier général de De Gaulle à Kensington, mais portait son uniforme bleu nuit de l'escadrille *Lorraine*. Dans l'assistance, une ravissante femme aux yeux clairs, rieurs, à la peau de pêche. Elle affichait sous ses boucles blondes des manières de *lady* qu'elle excentricisait avec des étoles venues du Cachemire. Il a trente ans. Elle lui cache que, pour elle, 1944 sonne sa quarantième année. Jusqu'à sa mort, à cent trois ans, en 2007, Lesley n'a de toute façon jamais fait son âge.

Tout Londres connaît Mrs Blanch, une aventurière cultivée, drôle, portraitiste originale des pages culturelles de *Vogue* : elle avait mis son féminisme dans ses voyages en solitaire et sa fougue dans l'âme slave. « *Boudeuse, cachottière,* selon ses bulletins scolaires, *manquant d'esprit d'équipe, semblant rêvasser* », elle avait été élevée à la baguette mais laissée libre de tout lire : y compris, à sept ans, la *Maison des morts* de Dostoïevski. La mode, chez les Anglais de la *gentry*, est aux *hobbies*. Elle n'a plus rêvé ensuite que de yourtes mongoles et de transsibérien. Pour Lesley Blanch, la Russie ressemble au fleuve Amour.

« *Vos yeux bleu clair*, dit-elle ce soir-là à Gary, *me rappellent ceux des tribus du Kurdistan. D'ailleurs vous avez des airs de Gogol.* » Il s'était contenté de grommeler en avalant de gros cornichons : que connaissait-elle à un écrivain qu'elle n'avait pu lire dans le texte ? « *Pravda, no ya douraka, i vash yzik mnogo troudnie* », lui avait répondu l'Anglaise, « *vrai, mais votre langue est très difficile pour une femme aussi sotte que moi.* » Lesley l'avait bluffé.

Gary est alors veuf de sa mère, morte en 1942, pendant la guerre. Ce soir-là, il garde pour lui ce lien incandescent qui l'unissait à Mina mais livre à Lesley des bribes de sa vie. Il avait quatorze ans quand ils débarquèrent tous deux, couple insolite, après une longue errance de Vilnius à Varsovie. Mina tenait une pension, mais logeait dans une chambre de bonne et lui laissait la plus vaste, au rez-de-chaussée. Elle se privait de viande pour lui en offrir tous les jours. Elle engueulait dans un « *langage de charretier* » les profs qui osaient donner de mauvaises notes à son fils : n'avaient-ils donc pas compris qu'il deviendrait « *un héros, général, Gabriele D'Annunzio, ambassadeur de*

France » ? Aujourd'hui encore, dans les cités et les quartiers pauvres de France, Mina est la mère de tous les enfants d'immigrés.

Peu de temps après la fête, Lesley lui avait ouvert le portail de sa petite maison de Chelsea. Des colombes roucoulaient dans le jardin, au milieu des géraniums et des daturas. Le salon était saturé de senteurs de jasmin et de patchouli. Des coussins multicolores, faits de sa main, reposaient sur des chintz fleuris, au milieu de porcelaines, d'icônes russes et de bibelots du Daghestan. Un vrai décor des *Mille et une Nuits*. Elle lui servait le thé au lit, dans un verre, avec une cuillère de confiture de cerises et une rondelle de concombre, comme sa mère.

Sous un portrait de Pouchkine, Lesley Blanch berçait son homme de vers de Keats, Blake, comme Mina lui récitait les meilleures pièces jouées au Grand Théâtre de Moscou. Elle prononçait très doucement « *Rromane* », Roman Kacew, son prénom d'avant la guerre, avec beaucoup de « r ». C'était une « mamante », fière et sûre du destin de son amant, prête à beaucoup pour lui plaire. Sa manière d'écorcher le français déplaisait à Gary ; elle avait accepté de lui apprendre l'anglais.

Il avait vite deviné qu'il rappelait à Lesley un lointain amour. Un aventurier aux traits mongols, baptisé « le Voyageur », un ami de sa mère qui débarquait chez les Blanch les bras chargés de cadeaux de tribus bizarres – casquette en peau de renards kazakhs, baguette magique à tête de taureau d'un chamane sibérien. Il sentait le cuir fort, comme son « Roman ». Gary avait compris que « *le Voyageur* » avait initié Lesley à l'amour non pas entre Moscou et Novgorod, mais plus provincialement, alors qu'elle avait dix-sept ans, dans le rapide Paris-Dijon. Il était devenu l'invitation au voyage, la part d'étranger qu'elle recherchait au fond d'elle.

Lesley s'était rendue pour des vacances en Corse avec « *le Voyageur* », se rappelle Gary alors que la voiture tourne le dos au golfe d'Ajaccio. Avec eux, un chien de berger, comme celui des Baskerville, et une vague tante monténégrine liseuse de tarot. Ils avaient séjourné à Calvi auprès du prince Youssoupov et de son épouse, la grande-duchesse Irina, des nobles « blancs » qui avaient abandonné leurs richesses en Russie et rejoint d'autres immigrés, en Balagne et à l'Île-Rousse. « *L'île russe* », s'amuse-t-elle dans *Journey into the Mind's Eye* (*Voyage au cœur de l'esprit*), récit tragicomique de sa vie.

Avec ces accès de romantisme propres aux *ladies*, Lesley Blanch avait raconté à Romain *la macchia*, ce maquis d'où surgissait « *une étrange atmosphère de drame, parfois entêtante, comme son parfum. Elle connaissait tant de secrets : elle avait caché des bandits, des amants et des fuyards* ». Elle lui avait décrit les collines « *piquetées de cactus* » et les « *sentiers de roche brûlante, infestés de lézards* » : des paysages sauvages, auxquels toute la petite colonie russe accordait des airs de Caucase. Gary avait surtout gardé des récits de sa femme l'image d'une île qui pique.

« *Lesley vit dans la poésie de la vie, pas dans sa prose* », s'enthousiasmaient ses amis. Elle était amusante, aimable, cultivée, et si chic, ongles peints, myriade de colliers et de bagues. À

Londres, qu'elle avait à ses pieds, elle lui avait présenté tout ce que la ville comptait d'éditeurs, d'agents, d'écrivains, de *gentlemen* et de *ladies*. Ils appelaient Romain « *Lesley's frog* », la grenouille de Lesley. Quand en 1946 le Quai d'Orsay lui avait refusé le poste de conseiller culturel dans la capitale anglaise pour le nommer secrétaire de la légation étrangère en Bulgarie, elle l'avait suivi, trop heureuse de traverser avec lui le monde des ambassades et des consulats : Sofia, Paris, Berne, New York, La Paz.

Lesley conjurait l'ennui. Elle racontait les histoires avant de les jeter sur le papier, grimant et travestissant le réel comme Loti. Elle partageait aussi avec le lieutenant de vaisseau des Lettres françaises la passion des chats : heureusement, Romain les adorait aussi. Elle avait relu et corrigé tous ses livres. Il lui donnait page après page, attendant jugement et corrections, lui repassant encore une nouvelle fois ses épreuves, dans une fusion littéraire et amoureuse. Son avis lui importait.

Elle était devenue célèbre deux ans avant lui avec *The Wilder Shores of Love* (*Les Rives sauvages de l'amour*) : quatre portraits d'aventurières du XIXe, dont Isabelle Eberhardt, « le Cosaque du désert », totalement inconnue à l'époque : Lesley avait l'âme d'une pionnière. Le livre fut un immense best-seller. Mi-figue, mi-raisin, Romain avait pastiché cette situation peu banale – un écrivain *has been* dépassé par la gloire de sa femme – dans « Lesley Blanch est une sorcière », une nouvelle drôlissime publiée dans *Elle*. « *Permettez-moi de vous présenter le mari de Lesley Blanch* », disait-on dans la bonne société new-yorkaise. Avant de raffoler du couple Gary-Seberg, la presse s'était en effet entichée de son duo avec cette Anglaise à la fois éduquée et fofolle.

Tandis que Jean s'assoupit doucement dans la voiture, Romain ressuscite *in petto* ses noces londoniennes, dix-huit ans plus tôt : tailleur rose de sa femme, manchon et toque de renard, et, pour lui, une très méchante humeur. Lesley avait trouvé cet échange d'alliances dans le sinistre bureau de l'état civil britannique « *conventionnel* » et « *décevant* ». « *Une fois encore les couronnes d'or de l'Église orthodoxe m'avaient échappé* », s'était amusée après coup la grande amoureuse de la Russie. Romain n'avait pas ri, pas souri non plus quand elle lui avait suggéré de porter l'anneau à la narine ou à l'oreille, « *comme un pirate* ».

Trois jours avant le mariage, il était tombé malade : une grippe carabinée, qui faisait ressembler son nez à une fontaine. « *Si je ne me sens pas mieux mardi, je n'assisterai pas à la cérémonie* », l'avait-il avertie d'une voix mourante. « *Oh, darling, faites un effort. Ce ne sera pas la même chose sans vous…* » Comme tous les mélancoliques sensibles à la fuite du temps, il est allergique aux fêtes conventionnelles. Il a toujours détesté les Noël, les anniversaires et, par-dessus tout, les mariages.

VI

Au rond-point des Salines – Ajaccio, 2,7 km –,
Domy arrache un peu de gomme aux pneus
de sa voiture banalisée. En quatrième vitesse,
l'équipage emprunte l'ancienne route de Sar-
tène, traverse Mezzavia, un bourg perdu dans
les années soixante, aujourd'hui banlieue
d'Ajaccio. Au bord de la route, palmiers et
lauriers-roses du golfe rappellent à Gary les
jardins tropicaux de la résidence du consulat à
Los Angeles, sur *Outpost Drive*, où, avec Jean,
ils se sont rencontrés, quatre ans plus tôt.

Gary s'y était installé en 1956 avec Lesley, élevée au rang de super-intendante. Leur
royaume s'étendait sur un vaste territoire,
en principe jusqu'à l'Arizona et le Nouveau-
Mexique, mais, pour le Quai, le consul général de « L.A. » était d'abord un « *ambassadeur*

à Hollywood ». Le diplomate-écrivain l'était plus encore que les autres. Il se sentait bien avec les saltimbanques du 7ᵉ Art. Los Angeles grouillait d'acteurs, de réalisateurs, de monteurs, de décorateurs, un petit monde venu d'Europe de l'Est qui parlait russe ou yiddish avec le nouveau consul.

La côte Est, et son décor de pacotille, était alors un jardin d'Éden pour les artistes. Aldous Huxley y écrivit *L'Éternité retrouvée*, Igor Stravinsky y composa le *Canticum sacrum*. *La Promesse de l'aube* s'ouvre sur le sable californien de Big Sur, cette côte du Pacifique qui a aussi fasciné Kerouac et Henry Miller. Dans la *Promesse*, la vie de Gary se déploie comme les vagues dans un long travelling arrière : la Russie, Wilno, Nice, la campagne de Syrie, en Éthiopie, Londres... Pendant que son mari effeuillait son demi-siècle sur la plage, Lesley Blanch écrivait *Les Sabres du paradis* à la résidence : à travers la figure de Chamyl, troisième imam et lion du Daghestan, c'était le roman de la résistance des musulmans du Caucase à l'offensive des tsars orthodoxes. « *Votre chef-d'œuvre* », lui avait prédit Romain.

Les ambassades sont des huis clos où Romain Gary avait hissé le baisemain en figure de style. Dans sa villa de style mexicain il avait reçu tout Hollywood, Fred Astaire, Gary Cooper, Katherine Hepburn, Kirk Douglas, Frank Sinatra et même Clint Eastwood, cet indomptable *easy rider* qui affolait les cœurs. En écrivain, le nouveau consul aimait observer les vanités allongées sur les chaises longues, au bord des piscines, captivant mélange de patrons de majors et de pique-assiette. On les retrouve dans *Chien-Blanc*.

Los Angeles savait qu'il avait été un héros pendant la guerre. Les États-Unis connaissaient l'écrivain depuis la traduction de son troisième roman, *Le Grand Vestiaire* (*The Company of Men*), en 1951. Gary avait ce talent d'écrire directement en anglais comme en français, qui n'étaient pourtant pas ses langues maternelles. Les étrangers de passage rêvaient tous de dîner avec le consul qui semblait si russe mais avait obtenu en 1956 le prestigieux prix Goncourt, plus haute consécration littéraire française. Les moins introduits ou les plus ambitieux déposaient leur carte de visite à son secrétariat.

L'ambassadeur Jean de Lipowski, ami de Gary qui, en 1956, avait fêté de manière fantasque et toute polonaise le Goncourt du diplomate dans son hôtel particulier du Faubourg Saint-Germain, avait conseillé à son filleul, François Moreuil, de prévenir de son arrivée. L'avocat est de passage à Los Angeles. Il veut abandonner le barreau pour le cinéma et accompagne son épouse à Hollywood. Pardessus tout, Gary entend le nom de sa jeune femme, Seberg. Le couple est vite convié au consulat.

La mode est aux magazines couleurs, aux pages célébrités et romans-photos sentimentaux. Gary a vu la jeune Cécile dans *Bonjour tristesse* : ses chemises en jean nouées sur son maillot, son short bleu échancré, sa gaine blanche sur le lit, quand, en sale gosse, elle plante des aiguilles dans ses poupées. Mais aussi cette robe du soir portée dos nu pour aller jouer au casino, et ce slow qu'elle danse,

ses mains gracieuses posées sur une épaule,
sur la chanson de Juliette Greco :

> *Tu sais le secret de ma peine*
> *Car c'est toi qui l'as bercée*
> *Tu es mon seul amour*
> *Mais j'ai trop de faiblesse*
> *Pour te quitter*
> *Ma tristesse.*

« *Ce genre de sex-appeal n'est encore jamais apparu à l'écran* », a expliqué François Truffaut. Gary est impatient de rencontrer cette fraîcheur si Nouvelle Vague.

Le film de Preminger a fait la couverture des *Cahiers du cinéma*. « *Tout est grâce* » chez Seberg, écrit Rivette. Et Truffaut en mars 1958 dans *Arts* : « *En corsage – et encore sage – mais plus pour longtemps, Jean Seberg, avec ses petits cheveux blond cendré sur son crâne de pharaon, ses yeux bleus grands ouverts et ses éclairs de malice garçonnière, porte sur ses petites épaules tout ce film qui n'est d'ailleurs qu'un poème d'amour que lui dédie Otto Preminger.* »

Jean avait pris sa plume pour lui répondre. « *Cher F. Truffaut, aux États-Unis dans le milieu du cinéma on appellerait cette lettre une* fan letter. *Si c'est ça, c'est bien le premier de ma vie. Vous n'avez pas besoin de mes compliments pour* Les Quatre cents Coups, *écrit-elle. Je voudrais simplement ajouté le mien et vous dire que je suis fier que vous avez trouvé mon travail pour Preminger bien.* » Ses fautes de grammaire et d'orthographe sont pleines de charme, surtout si on les lit avec l'accent américain.

Pour Mr and Mrs Moreuil, le visage du consul de France n'est pas inconnu. Ils l'ont vu aux actualités après la proclamation du jury Goncourt chez Drouant. « *Des jambes de héron, un veston bleu à raies blanches, un foulard noir noué en jabot, un long visage de bronze à fine moustache de persil qui ressemble à celui du comte de Paris, avec en plus un halo de vedette du cinéma américain* », avait décrit Paul Guth. Depuis, l'auteur des *Racines du ciel* est partout en photo, à la terrasse de la brasserie Lipp, boulevard Saint-Germain, et même au zoo de Vincennes, pour *Match*, où il offre des quignons de pain à ses amis éléphants, les véritables héros de son roman.

Avant le dîner, Moreuil a ciré ses mocassins *dernier cri*. Au consulat, on sert le champagne dans le salon mi-turc, mi-russe de style Pierre Loti aménagé par Lesley. Le jeune Français est trop bavard ; l'épouse du consul, polie, lui donne la réplique. La conversation flotte en apesanteur au-dessus des poufs. Jean reste silencieuse, les mains sur les genoux, sublime dans sa robe en soie bleu nuit d'Hubert de Givenchy. « *Ce qui était délicieux chez Jean, c'est qu'elle avait appris à être une star avant de devenir une actrice* », disait Gary Cooper.

Depuis son installation sur la côte Ouest, le consul de France aime se glisser dans des bottes de cow-boy mexicaines. Avant de passer à table, ses yeux saturés d'ennui se posent sur le tapis afghan. Gary fait mine de s'extasier et lance à l'adresse de Moreuil : « *Vos mocassins sont superbes ! Permettez que je les essaie ?* » Le jeune premier s'exécute, surpris mais docile. Un homme en chaussettes perd de son prestige. Jean y voit peut-être aussi un geste de soumission. Son mariage ne « *gazait pas* », comme dirait Belmondo dans *À bout de souffle*.

Était-ce à ce moment précis qu'elle avait cessé de l'aimer pour de bon ?

Monsieur le consul général est servi. Contrairement aux Français, les Russes sont sculptés par l'orgueil, rarement par la frime et la prétention. À table, Romain Gary fait le paon. Lesley connaît mieux que personne le sens de ses pavanes. Elle sait quand son mari va jouer son numéro de cirque, devine avant tout le monde qu'il va feutrer sa voix et forcer son timbre slave. Ses yeux, remarque Lesley, cherchent ceux de Jean. La jeune fille est comédienne, comme la mère de Gary, une femme qui a attendu la gloire en courant avec une troupe d'un château à une grange, dans la Russie soviétique. La petite Américaine parle peu mais a de l'esprit et ses yeux mouillés – une merveille – brillent comme chez les femmes qui pleurent souvent. Que disait Truffaut ? Elle est juste « divine ».

VII

C'est toujours comme ça, avec les protes-
tantes. Elles ne savent pas mentir. Elles lèvent
des drames comme des tempêtes, refusent les
doubles vies et préfèrent tout déballer à leur
mari. François Moreuil a quitté le premier
Los Angeles pour préparer à Paris, en tant que
réalisateur, *La Récréation*, son premier long-
métrage, tiré d'une nouvelle de Sagan. Le
film doit révéler sa femme Jean, et lui-même
au passage. « *Je vous la confie* », avait-il glissé
au consul général en laissant sa jeune épouse
achever son séjour américain. Lorsque l'actrice regagne la France, après Noël, Moreuil
lui trouve un air absent. Elle avoue tout : elle
aime le consul de France, le prix Goncourt,
le combattant de la France Libre, le Méphis-
tophélès qui a fait pousser sa barbe, tout cela

d'un coup de dés, et c'est beaucoup pour un rival.

Jour de tournage à Paris, *La Récréation* est en marche. À son tour Gary a rallié la capitale française. Il a choisi une suite à l'hôtel Lutetia, au cœur de Sèvres-Babylone. Moreuil l'a retrouvé. Il le fait demander à la réception et lui casse la gueule : il tient à prouver qu'il n'a peur ni d'un aviateur gaulliste ni d'un Goncourt, puisqu'il sera un jour aussi connu que Rivette ou Godard. À l'annonce de ce coup de poing, Jean fait une crise de nerfs. Transportée à l'Hôpital américain de Neuilly, une cure de repos lui est prescrite, sans droit de visite. Ce genre de situation force toujours les talents. Moreuil respecte les consignes, pas Gary, qui aime relever défis et déguisements. Il emprunte une blouse blanche, et retrouve « *la petite* » dans sa chambre.

À la sortie de l'hôpital, Jean Seberg s'envole pour Marshalltown. Le couple se retrouve vite, à Paris ou ailleurs, et s'envole un peu plus tard pour un long périple : six semaines en Extrême-Orient, de Bangkok à Hong-Kong avec escales au Népal et au Japon : leur amour est aussi vaste que le monde. Quand ils passent à New York, ils dorment au Plaza, forcément. Ils s'échappent même au Mexique. Romain s'y était rendu deux ans plus tôt écrire fiévreusement les deux cents premiers feuillets de *La Promesse de l'aube* : il ne quittait pas sa chambre d'hôtel et poursuivait Lesley avec ses feuillets encore fumants. Les écrivains sont de grands névrosés qui, à force de vouloir toujours revenir sur leurs pas, oublient parfois toute délicatesse. Pour cette escapade avec sa nouvelle conquête, Romain avait oublié de prévenir le personnel de la résidence. On cherchait le consul de France dans tous les alentours.

Ils se cachent sans se cacher, amoureux, désinvoltes. Ils posent aux côtés de Simone Signoret sur la terrasse du Miramar à Santa Monica. La presse les surprend à Venise enlacés façon colonel Cantwell et Renata, le couple d'*Au-delà du fleuve et sous les arbres*, le roman d'Hemingway. On les photographie même sur le Grand Canal, à Venise, dans des baisers fondus et enchaînés. « *Je suis très heureux !* » écrit Gary à ses meilleurs amis. Cette lune de miel, ce cadeau de mariage, Jean s'y raccroche, sur la route de Sarrola, tandis que la voiture file dans la vallée de la basse Gravone, où poussent les orangers dont les fleurs viennent parfumer les *imbrucciati*, *cacavelli* et autres brioches et gâteaux. Et si cette parenthèse entre longitudes et latitudes avait été leurs années de bonheur ?

Romuschka, mon gros ours russe, murmure Jean dans le cou de son amour. Elle l'admire. Elle a toujours voulu écrire, avait-elle confié à Mylène Demongeot sur le tournage de *Bonjour tristesse*. Ou épouser un écrivain. Ses parents ont conservé ses vers de petite fille de treize ans, quand elle flânait sur les rives de l'Iowa, enfance heureuse vécue de manière malheureuse.

> *Je suis allée me promener*
> *Dans les bois*
> *Sous la pluie*
> *J'ai été si émue*
> *Que j'ai baissé ma tête pour pleurer.*

C'est son côté Sylvia Plath, cloche fêlée. Mais l'écriture, c'est trop de solitude. Jean Seberg aime la compagnie des hommes.

Elle est si jeune, si fragile, elle a tant besoin qu'on la protège, avance Gary pour excuser leur différence d'âge, vingt-cinq ans. Mais de Romain et de Jean, lequel est vraiment le plus vulnérable ? Inutile de finasser : la vérité, c'est que le sang ardent de la jeune actrice le fait renaître. Il n'est plus l'homme crépusculaire qui concluait sa presque autobiographie à paraître par les mots : « *C'est fini* » et « *J'ai vécu* ». L'amour des comédiennes est d'autant plus précieux qu'elles sont elles-mêmes l'obscur objet du désir de salles combles. Quatre mois exactement après leur rencontre, *À bout de souffle* sort sur les écrans, quatre cent mille entrées, un Ours d'or, des tas de prix, et Jean entre dans la légende du cinéma.

Sur le moment, Jean n'a rien compris à ce que faisait Godard. Le premier jour du tournage, elle veut même tout arrêter. Elle avait commencé par Hollywood et Preminger, et se retrouve face à un garçon « *négligé* », caché derrière la mythologie de ses lunettes noires, qui « *ne regarde jamais dans les yeux* » et écrit les scènes du jour en avalant son petit déjeuner au Dupont-Montparnasse. « *C'est tellement contraire aux manières de Hollywood que je deviens totalement naturelle* », écrit-elle. C'est comme ça que Godard la veut, sans maquillage, sans éclairage, sans son ou presque – un ange qui passe. Plus tard, elle dira : « *Mon premier film.* »

En un printemps, Jean est élue Américaine préférée des Françaises. Les étudiantes chantonnent « *New York Herald Tribune !* » comme Patricia sur les Champs-Élysées, si du moins elles ont pu voir le film, interdit aux moins de dix-huit ans. On traverse les rues en dansant sur les passages cloutés, d'un pied sur l'autre, comme la petite pigiste vendeuse de journaux. Les filles s'habillent chez Prisunic, oublient leur soutien-gorge et volent l'accent et les fautes de français de Jean :

> « *Qu'est-ce qu'il a dit ?*
> – *Il a dit : Vous êtes vraiment une dégueulasse.*
> – *Qu'est-ce que c'est, dégueulasse ?* »

Cette fois, pas de « Jean bashing », pas d'odieux « *Go back to Marshalltown* », comme pour ses deux précédents longs-métrages. Sartre et Cocteau défendent ce petit film comme une œuvre capitale. Un bras d'honneur aux flops américains, qui transforme Jean en égérie de la Nouvelle Vague et de Saint-Germain-des-Prés. Le Vieux Continent l'a sauvée du Nouveau. Paris brûle pour Jean.

Le couple quitte le studio débusqué à la hâte île Saint-Louis et déménage en mai rue du Bac, au deuxième étage d'un appartement haussmannien de huit pièces, au coin du square La Rochefoucauld. Depuis les chambres de bonne, au dernier étage, on pouvait apercevoir les merveilleux jardins des Missions étrangères. Pour la première fois en ce début des années 1960, les immeubles du Faubourg Saint-Germain accueillent des couples bohèmes. Au 108, c'est même l'invasion : l'auteur et acteur de théâtre Roland Dubillard, le décorateur de cinéma Alexandre Trauner, affolé d'entendre les nouveaux arrivants casser cheminées et parquets, Jacqueline Matisse, la cousine du peintre, qui lance des cerfs-volants de sa fenêtre pour oublier qu'elle a épousé un banquier. Seul Gary, « *Compagnon de la Libération, écrivain et diplomate* », a aujourd'hui son nom gravé sur la façade, comme un peu plus loin Chateaubriand – belle publicité pour les diplomates.

Jean veut se marier. Jean veut un enfant. Jean exige, menace. Gary hésite. Il a peur. Mi-fanfaron, mi-sincère, il explique à ses plus vieux amis qu'il va être contraint de se suicider car Jean veut le garder au lit toute la journée : vous comprenez, je ne peux plus écrire ! Il propose de suggérer un arrangement : l'amour seulement deux fois par jour. « *Et maintenant, qu'est-ce que vous allez faire ?* » demande Patricia à Belmondo dans *À bout de souffle*. « *L'amour* », répondait l'acteur en la couchant par les épaules sur le lit. L'actrice rejoue la scène à l'infini avec Gary.

Il craint aussi pour sa carrière. Le Quai d'Orsay époque gaulliste n'aime pas les adultères affichés, encore moins les divorces. Le ministre des Affaires étrangères, Maurice Couve de Murville, mène depuis toujours une sourde guerre au diplomate Gary. Il fait savoir qu'il n'a pas lu ses romans, fait mine d'ignorer les postes qu'il a occupés depuis la guerre. Un monde sépare Couve, l'inspecteur des finances respectueux du protocole, et ce romanichel qui le bouscule. Plus un détail, qui n'en est pas un : Londres 1940 et le gaullisme 1943 à l'eau de Vichy. Au fur et à mesure que l'idylle avec Seberg prend consistance, la presse s'interroge : Gary va-t-il quitter la diplomatie ? « *Jamais de la vie*, répond l'ex-consul au *Figaro littéraire. Qu'est-ce que cette histoire ?* »

La Ve République est vierge, le gaullisme pudibond. Quel spectre féminin voit-il en elle ? L'écrivain redoute par-dessus tout Mme de Gaulle, « tante Yvonne », une catholique fervente qui ne veut ni couples divorcés, ni « amitiés particulières » à la Roger Peyrefitte à la table de l'Élysée. Elle refuse d'en ouvrir les grilles à ceux qui sortent leurs maîtresses comme Olivier Guichard.

Dernier obstacle à ce mariage, Lesley. Romain peut « *avoir toutes les maîtresses, mais avec style* », peste la romancière. Elle l'a toujours laissé libre avec ses *flirts*, comme elle dit, c'est son côté grande dame du XVIIIe. Elle-même disparaissait d'ailleurs souvent en voyage, entre mers Noire et Caspienne, puis revenait pour lui accommoder l'existence, partager fantaisie et passion de la littérature. Jean, dit-elle, n'a rien dans la tête. Elle se trompe, mais devine à raison que ses dix-huit ans de mariage sont consumés.

À Londres, à Paris, Lesley découvre les sévères lois du *star-system* : les magazines qui publiaient naguère ses *Rivages de l'amour* en feuilleton déroulent désormais dans leurs pages l'idylle ascendante de Jean et de Romain et la déliquescence de son propre mariage. La petite Américaine nie d'abord toute *love affair* : « *Romain est un ami, un homme que j'admire.* » En Angleterre, la romancière se rassure. Mais la jeune actrice ajoute ailleurs : « *Lesley Blanch est une femme bien, je dois l'avouer, mais elle est séparée de Romain Gary depuis très longtemps.* » Quand, en décembre 1961, le journal *Elle* lui pose *la* question – « *Si vous deviez vous marier dans l'immédiat, épouseriez-vous Romain Gary ?* » – Jean Seberg ne se fâche plus : « *Je n'en sais rien.* »

Tout se précipite. Hollywood et Paris lâchent des rumeurs comme des fumées.

Charlie Chaplin serait paraît-il le témoin des mariés, on murmure que les amants ont décidé de se suicider ensemble si leur union était empêchée, ils hésiteraient entre Saint-Germain-des-Prés et les champs d'orangers de Big Sur pour danser après la noce... On raffole de leur amour, la jeunesse et la tendresse, la Russie et l'Amérique réunies à Paris. Ni la littérature ni le cinéma n'avaient imaginé un couple aussi photogénique.

VIII

À Londres, après la guerre, Lesley Blanch avait fait découvrir à Gary Richard Lovelace, poète cavalier du XVIIe siècle. « *I could not love thee, dear, so much / Lov'd I not honour more.* » C'étaient les vers préférés du diplomate. « *Il a tout dit !* » : il les faisait réciter à la romancière, ses jours de bonne humeur, pas si fréquents : la vie avec Gary était un vrai poème. « *Quel Romain, ce matin ?* » Durant leurs dix-huit ans de mariage, quotidiennement, Lesley s'était posé la question. Il ne quitte plus désormais son masque noir des très mauvais jours : odieux, grognon, grossier, mesquin et près de ses sous, chaque fois qu'ils doivent évoquer leur séparation.

Six mois après le fameux dîner au consulat français de Los Angeles, Jean avait entamé en secret à Marshalltown une procédure de divorce, qui avait rendu François Moreuil fou. Moreuil père, un autre combattant de la France Libre, avait convoqué Gary pour tenter de le faire renoncer à sa belle-fille. L'écrivain s'était rendu au rendez-vous avec un ami, et lui avait conseillé de le rejoindre armé. Il lui fallait une scène de chevalerie à sa mesure.

Le diplomate cherche à gagner du temps. Il ne prononce jamais le nom de Seberg devant Lesley – elle évitera soigneusement elle aussi de citer sa rivale dans ses souvenirs. « *Comme toutes les Américaines, elle ne sait pas faire l'amour sans vouloir passer la bague...* », persifle seulement la romancière anglaise quand Romain se lance dans l'éloge extravagant du mariage rangé qu'il réserve à Jean, et auquel il prête désormais toutes les vertus.

Fin 1961, Jean, vingt-trois ans, annonce à Gary qu'elle attend un enfant. « *Je ne pourrais pas, ma chère, aimer d'amour autant si je n'aimais pas l'honneur davantage.* » Les vers de Lovelace lui reviennent-ils en mémoire ? Gary cesse de tergiverser. Épouser la mère de son enfant est une question de devoir. Ce n'est pas une histoire de gentleman, c'est une affaire d'honneur.

Dans les magazines comme à Hollywood, la mode n'est pas aux actrices enceintes. Les Seberg, qui ont désapprouvé le divorce, le cinéma, le Quai d'Orsay, nul ne doit rien savoir. On décide d'exfiltrer l'actrice avec des méthodes militaires similaires à celles utilisées un an plus tard, lors du mariage.

Le couple prend ses quartiers à Barcelone, grâce à Eugenia, la dévouée gouvernante installée rue du Bac. C'est là que Robert Parrish vient rendre visite à l'actrice, qu'il a choisie pour *In the french style*, la suite américaine d'*À bout de souffle*, un hommage à la Nouvelle Vague. Elle le reçoit alitée, à cause d'une jambe cassée, ment-elle dans ses oreillers. Au-dessus d'elle, des couvertures forment un arceau et masquent sa rondeur : les manies d'affabulateur et de caméléon de Gary ont gagné sa promise.

Qu'importe. À la manière d'un peintre, Parrish n'observe que le visage de son modèle, dont il est peut-être celui qui en a le mieux parlé. Un paysage, disait-il, qui ferait à lui seul un film – l'exploit de Philippe Garrel, dix années plus tard : *Les Hautes Solitudes*, plan serré de soixante-quinze minutes où défilent toutes les expressions de Seberg, long-métrage expérimental en noir et blanc, sans paroles, dédié à Otto Preminger.

La jeune actrice promet de rejoindre le réalisateur en Suisse, durant l'été, quand elle sera sur pied. Comprendre : après la naissance de l'enfant, attendu en août. Étrange période, où Seberg doit se cacher et s'ennuie, seule, loin des plateaux et de Paris. Gary a demandé une mise à disposition de dix ans au Quai d'Orsay : « *Je ne pouvais plus travailler auprès de Charles de Gaulle parce que je voulais garder ma liberté sexuelle* », résume-t-il sans sentimentalisme dans *La nuit sera calme*. En mai 1962, il est membre du jury du Festival de Cannes, avec Mario Soldati et François Truffaut, encore un homme qui aimait les nuques des femmes. Le Prix spécial du jury récompense Robert Bresson pour *Le Procès de Jeanne d'Arc.* Personne n'ose interroger Gary sur l'absence de Jean.

Lesley Blanch ne veut toujours pas entendre parler de séparation. Elle préfère être veuve de Gary, explique-t-elle, que divorcée. Il l'accuse d'avoir contracté des dettes, elle riposte sur le même ton. Les écrivains sont souvent de redoutables comptables de l'existence. Tout devient mesquin et l'affaire tourne au vaudeville sordide. « *Et puis, je dois avoir un fils. Je le dois à ma mère !* » finit par lâcher Gary. La romancière comprend qu'elle a perdu la partie.

Publié au même moment, *Lady L,* écrit en anglais, triomphe dans une dizaine de traductions. L'homophonie du titre le suggère, c'est le roman qui réunit toutes les figures féminines chères au Goncourt, de la prostituée à la bourgeoise, mais aussi un joli portrait de Lesley, qui finit par se venger férocement de son amant en le laissant mourir momifié dans un coffre fermé à clé. Lesley en avait dessiné la couverture. Romain glisse entre les pages de ce cadeau de rupture un discret post-scriptum :

« *Elle savait fort bien que, dans la vie comme dans l'art, le style n'est qu'un suprême refuge de ceux qui n'ont plus rien à offrir et que sa beauté pouvait encore inspirer un peintre, mais plus un amant.* »

Alexandre Diego Gary naît un mois avant le terme prévu, le 17 juillet 1962. L'enfant est confié à Eugenia, car Romain suit Jean de tournage en tournage. En Suisse, un mois après l'accouchement, pour le film promis à Parrish ; puis début 1963 à Marrakech où se prépare un court-métrage, *Le Grand Escroc* de Godard, enfin, l'été, au bord du fleuve Potomac, sur le tournage de *Lilith*, un long-métrage de Robert Rossen. C'est le film pré-féré de Jean et l'un de ses meilleurs rôles, celui d'une schizophrène dont Warren Beatty tombe amoureux.

Seberg donne le tempo à leur nouvelle vie commune. Gary n'écrit plus une seule ligne. D'un côté, le couple vit comme des sauvages, cachant son enfant et son amour. De l'autre, il recherche la publicité et joue avec la société du spectacle. Ce syndrome comportemental s'ap-pelle la schizophrénie. Elle atteint son acmé lorsque, le 23 juin 1963, ils sont conviés à dîner à la Maison-Blanche, où John Kennedy a été élu deux ans plus tôt. Il a lu le prix Goncourt et vu *À bout de souffle*, projeté pour lui à la Maison-Blanche. Il veut aussi interroger le diplomate sur l'Europe et la méfiance du général de Gaulle envers son pays.

Jackie est « *enceinte, mais il était quasiment impossible de le deviner* », écrit Jean Seberg dans une longue lettre à ses parents (l'épouse du Président attend un petit garçon, qui naîtra un mois et demi plus tard, mais ne vivra que deux jours). L'actrice est déjà mère depuis un an, mais qui le devine ou le sait ? Personne, même l'homme le plus renseigné du monde.

De cette soirée mémorable, Gary tirera plus tard un article. À lire leurs deux récits, c'est à croire qu'ils n'ont pas dîné à la même table. L'épouse du Président a choisi une robe de cocktail sans manches : Gary l'a vue « *rouge* », mais selon Jean, plus fiable, la robe est rose, rose comme le tailleur porté quelques mois plus tard, lors de l'assassinat de son mari à Dallas – la terre entière la verra se jeter sur le coffre arrière de la voiture. À la nouvelle de la mort de John, Gary sanglota tel un enfant.

« *Je le regarde. Il fait étonnamment jeune : les photographies le vieillissent. Je comprends mieux la lutte qu'il a dû soutenir pour vaincre tout ce qui, dans l'âme des électeurs, aspire à l'image du père* », écrit Gary au sujet de son hôte. L'écrivain glisse très vite sur de Gaulle, quoique le président des États-Unis l'interroge à deux reprises sur le « Grand Charles » : « *C'est un sujet que je connais fort mal* », aurait-il répondu. L'actrice rapporte au contraire que Romain a charmé l'auditoire par ses anecdotes sur le Général. Et note que Kennedy « *n'apprécie pas* » le président de la République française, s'étant « *senti insulté de ne pas avoir été convié à Paris durant son récent voyage à l'étranger* ».

« *Il est difficile d'imaginer un couple plus heureux. Comblé des dieux, comme on dit.* » Voilà le verdict de Gary, lorsqu'il quitte Washington et les Kennedy. Jean fait preuve de davantage de sens psychologique et d'observation. La jeune Américaine a décelé les fêlures sous les questions et les sourires. Tandis que les hommes fumaient le cigare au salon, Jackie l'avait entraînée dans son boudoir et interrogée sur ses projets d'union avec Romain. Hésitations de l'actrice. « *Oh, ne le faites pas. Si vous vous mariez, il deviendra juste dur et indifférent* », avait lâché la femme du Président. « *Je ne crois pas qu'une femme mariée vraiment heureuse s'exprimerait ainsi* », avait finement noté Jean dans la lettre envoyée à ses parents.

En septembre 1963, deux mois après ce dîner présidentiel, l'actrice se trouve à Londres pour la première de *In the french style*. Gary l'accompagne. Il lui apprend que son divorce avec Lesley Blanch est consommé depuis le 5 et qu'il va prendre rendez-vous en catimini chez son notaire, Me Bernard Robineau, à Paris. Depuis trois ans, à chaque rencontre, les journaux anglais tentent leur chance et questionnent l'actrice : « *Allez-vous épouser Romain Gary ?* » « *Oui !* répond enfin Jean Seberg à la presse impatiente, *but he tries to avoid the spot lights.* »

Le 23 septembre, le *Daily Miror* et *France-Soir* titrent sur le mariage imminent des deux stars.

IX

Le 12 octobre 1963, le général Feuvrier joint le capitaine Colonna-Cesari dans son bureau des Invalides. « *Un de mes amis veut épouser une actrice de cinéma. Pas à Paris, sinon ils vont avoir tous les paparazzis après eux*, précise le général. *Tu te sens d'aller en Corse trouver un maire pour arranger ça ? Il m'a dit que là-bas ça leur irait.* »

Toutes affaires cessantes, Colonna débarque à Ajaccio. Une voiture militaire l'attend et le dépose en haut du cours Napoléon, vibrionnante artère qui monte de la plage Saint-François à la place Abbatucci. Midi sonne au clocher de la cathédrale, l'heure du Casa et du 51, qu'on siffle dans un verre momie et avec des glaçons – l'eau en revanche, dit-on en passant la carafe, « *c'est personnel* ». Pas de meilleur endroit pour voir et être vu.

Deux fois par jour, à Ajaccio, on « fait le cours », aller et retour du « col » du Monoprix jusqu'à la préfecture – au-delà, il faut parler du « petit cours ». On frime, on séduit : c'est ici que Tino Rossi a rencontré sa première épouse. On guigne le sac d'une femme, la voiture de l'autre, la chevalière du troisième : l'envie est la maladie des îles. On mesure sa popularité, on jalouse, on se « taille des redingotes », un sport national : les *flacchine*, ces petites flèches décochées en se croisant sur le trottoir, ne piquent pas très longtemps. Tout le monde s'appelle par son prénom, ou plutôt son surnom, Fanfan, Nono, Jean-Fé : le cours Napoléon, c'est la grande famille d'Ajaccio.

Ici s'est écrite l'histoire de la Corse. Pendant la Seconde Guerre, des résistants furent arrêtés dans un bar. En 1943, le Général vint en contrebas, place des Palmiers, tenir un discours fameux, « *la Corse a la fortune et l'honneur d'être le premier morceau libéré de la France* ». Des terrasses du cours, on avait pu également suivre en direct le « putsch de la préfecture » mené par les gars de l'OAS. Des paras de Calvi emmenés par le colonel Thomazo, dit

« Nez-de-Cuir », le député UNR Pascal Arrighi et un cousin de De Gaulle avaient tenté de prendre le palais Lantivy. Sur le cours Napoléon, les soirs d'élection, on observe les gagnants, entassés dans de longues files de Renault Dauphine, de Peugeot 404 et de DS empanachées de fumée, tirer, depuis les vitres baissées, des coups de pistolet en l'air.

Alors que Domy cherche à droite ou à gauche une connaissance, une main lui tape sur l'épaule. « *Domy, Domy ! Où tu vas ?* » C'est Paul Serra, un ami d'enfance, juge de paix au tribunal d'Ajaccio. Serra est l'un des fameux magistrats de la ville, un juge transactionnel avant l'heure, qui réunissait les parties et trouvait toujours un arrangement. C'est aussi un agriculteur qui règne, tel un vieux sage, sur tout le canton, de Pila-Canale, dans la vallée des croupiers, jusqu'à Serra-di-Scopamène, et même Porto-Vecchio.

« *Tu es en permission ?* » interroge le juge Serra. « *Si tu veux. Disons que je fais un petit tour* », commence par répondre Domy, prudent. Serra et Colonna-Cesari s'en vont partager un pastis à la terrasse du Royal, là où de drôles de taxis assurant « la ligne » vers l'extrême sud de la Corse attendent le client. C'est l'un des trois grands cafés du cours, avec le Solferino et le Napoléon, qu'on choisit aussi selon sa vallée d'origine, la *pieve* natale.

Le capitaine détaille devant le juge sa mission en baissant la voix, comme il est de coutume en Corse dès que la conversation tourne autour des voyous ou de la politique. « *Je cherche un maire pour marier des vedettes*, chuchote Domy. *Des amis de De Gaulle.* » « *On va bien en trouver un qui voudra* », philosophe Serra, habitué à démêler des affaires plus ténébreuses.

Un petit homme d'à peine plus d'un mètre soixante, sec comme un sarment de vigne, descend alors le cours devant eux. Natale Sarrola est un pilier de ce bar posé en face de l'hôtel du département. Il est conseiller général depuis 1957, et maire de Sarrola-Carcopino depuis 1946, une commune qui pèse déjà lourd en voix dans le canton. La Corse est alors une sinécure : l'évêque et le préfet montent le dimanche au village partager un repas corse avec ce radical de gauche malin et habile. Chez lui, la Ve naissante a un goût de IIIe République.

Natale Sarrola était un « homme à services », l'expression corse pour parler d'un homme de clan. Chacun sur l'île savait qu'on pouvait compter sur lui, même s'il fallait tordre un peu le nez au droit. « *Natale promet la lune à tout le monde, et si on lui demande un billet pour y aller, il répond encore : Je vais réfléchir* », disait son ami le député Nicolas Alfonsi. Quand il avait emporté la présidence du conseil général, en 2001, après une acrobatique élection à mille tours dont la Corse a le secret, ses collaborateurs penchés aux fenêtres du « département » avaient vu une myriade de silhouettes fondre sur le nouvel élu. « *Le petit-cousin d'Alata, tu te souviens de son histoire ? La sœur, tu peux pas lui trouver une place ?* » Sarrola ne savait pas où donner de la tête.

« *Ho ! Natale ! Hé ! viens là, viens, viens ! Assieds-toi* », hèle soudain Paul Serra. Les présentations sont faites. « *Tu connais le capitaine*

Colonna. Natale, le maire de Sarrola. Domy, dis-lui ce que tu viens faire. » En professionnel, Domy jauge les tables qui l'entourent et propose de gagner le restaurant qui à cette époque jouxte le bar et accueille aussi joueurs de belote et de poker. On passe du corse au français, deux mots de l'un, trois mots de l'autre, avec des mines de conjurés. « *Il y a une personne en vue qui veut marier une vedette,* chuchote l'officier pour la seconde fois. *Des gens connus. Il ne faut pas de journalistes.* »

Six ans plus tôt, une histoire de mariage hors la loi avait fait le tour des villages. En 1957, le producteur italien de cinéma Carlo Ponti avait voulu épouser secrètement l'actrice Sophia Loren avant de lui donner un rôle. L'union devait être célébrée à Pietroso, près de Ghisonaccia. Le maire du village, Antoine Pagni, ami de Charles Pasqua, n'avait pas fait d'histoires pour ces noces en catimini. Mais l'affaire s'était sérieusement compliquée. Ponti était déjà marié, et l'Italie refusait de prononcer son divorce. De guerre lasse, le couple avait fini par convoler au Mexique, abandonnant à Pietroso le cadeau de mariage des villageois : une table en diorite orbiculaire, une pierre de l'Alta Rocca qui semble parsemée d'yeux.

« *Ce n'est pas un mariage camouflé ? Ils sont célibataires ? Les papiers de divorce sont en règle ?* s'inquiète Natale Sarrola. *Si vous croyez que je raconte des salades, je vous passe le général* », lance piqué Colonna-Cesari. On lui branche la ligne dans la salle, il compose le numéro crypté de Feuvrier. « *Général, le maire de Sarrola a besoin de quelques indications.* » « *Ce sont des amis, les papiers sont en règle* », rassure à l'autre bout du fil le général d'aviation. Pour la première fois, il lâche le nom des futurs époux. Pas davantage que Domy, Sarrola n'a entendu parler de Gary et Seberg. Paris est loin, il y a les affaires du village, la Trésorerie générale, où il est commis, les vignes… « *Je vais étudier la question* », grommelle M. le maire devant le juge Serra, promettant une réponse pour le surlendemain au plus tard.

Le 13 octobre 1963, le maire de Sarrola rappelle le magistrat : « *Je peux le faire. Il faut seulement le consentement du procureur* d'Ajaccio. » « *Pas de problème*, souffle Colonna, *c'est un ami.* » Le lendemain, le parquet autorise la dispense de publication des bans pour « *urgence à procéder à mariage* ». Les trois conspirateurs dessinent une croix sur leurs lèvres et murmurent les mots qui scellent leur pacte de silence : *acqua in bocca*, de l'eau dans la bouche. S'ils avaient pu voir *À bout de souffle* dans les fauteuils de velours rouge sang du cinéma L'Empire, sur le cours, ils auraient su que Belmondo – qui avait fait le déplacement à Ajaccio – jouait presque le même gimmick dans le film de Godard : l'ongle du pouce sur la lèvre supérieure, comme une lame de couteau, le silence ou la mort.

X

1963, année des paparazzis. Pendant le tournage du *Mépris*, en mai, à Capri, ils avaient gâché chaque journée de Brigitte Bardot, leurs objectifs traquant l'actrice dès son arrivée en limousine à Naples, guettant le soir ses appareillages depuis la villa Malaparte. Sur l'eau, sur la route, à bord de rivas ou de décapotables, malgré les carabiniers chargés de protéger BB, ils avaient fini par trouver une planque dans les montagnes qui bordaient la terrasse où tournait Jean-Luc Godard. Les photos étaient parues dans la presse. On savait désormais que le paparazzi, fiston monstrueux d'un jeune garçon (*ragazzi*) et d'un petit moustique (*pappataci*), ne se cachait pas seulement dans *La Dolce Vita* et les films de Fellini.

Jean et Romain avaient déjà eu affaire à eux, durant l'hiver 1961, à la fin du tournage de *Congo Vivo*. L'écrivain avait rejoint l'actrice en Italie, où elle achevait de tourner cet étrange docu-fiction sur l'Afrique. Un photographe avait « shooté » le couple : il avait fait la une de la presse américaine. Gary avait démenti toute idylle, il n'était pas à un mensonge près. Jean avait écrit à ses parents. « *Comme vous le savez, j'ai vu souvent Romain Gary et je suis fière de son amitié, mais il est absolument faux de dire que nous "voyageons ensemble". Il était en Italie quand j'y étais et on nous a pris en photo… Point.* »

La célébrité a changé d'orbite. « *Les chanteurs pop, les voitures rapides et les vedettes de cinéma, voilà tout ce que les Américains veulent à présent* », expliquait Gary à Lesley lorsqu'ils vivaient encore à Los Angeles. « *Les vedettes de cinéma sont devenues la nouvelle royauté.* » Le syndrome déferle sur l'Europe. Nouvelles mythologies, avènement des stars, le prix Goncourt théorise le phénomène en même temps que Roland Barthes et Edgar Morin – jaloux, au fond, que les écrivains ne soient plus la pitance favorite des gazettes. Dieu sait pourtant s'il avait aimé faire danser son ego devant les objectifs.

Se marier à Paris ? Ils y ont pensé, une fois le divorce avec Lesley entériné, – dernier obstacle à leur union. Les fugitifs disent que les meilleures planques sont en ville et qu'il n'y a pas plus sûr maquis que les capitales. Mais Gary a vite renoncé à cette solution. Depuis les indiscrétions de Jean, à Londres, annonçant son mariage imminent, les paparazzis jouent à cache-cache, en bas de la rue du Bac, et au pied de chez Gallimard, son éditeur. Et puis Paris lui a déjà joué de drôles de tours.

Cinq ans plus tôt, il avait tenté de se cacher derrière le pseudonyme de Shatan Bogat pour écrire une comédie d'espionnage, *L'Homme à la colombe*. Vivant en Inde et dirigeant une compagnie de pêche, l'auteur était un soi-disant Américain d'origine turque. Mais la supercherie avait été dévoilée dès la deuxième édition. Les journalistes avaient repéré des ressemblances avec un article de

Gary écrit pour *France-Soir* au Yémen. Ils étaient remontés au contrat d'édition, et Gary avait dû reconnaître qu'il se trouvait derrière l'alias. « *C'est difficile de cacher quelque chose à Paris ?* » avait demandé la télévision à l'auteur démasqué. « *Quasiment impossible* », avait répondu Gary.

Les voilà comme deux amants en cavale, Patricia Franchini et Michel Poiccard dans le film de Godard, fuyant les paparazzis qu'ils espèrent avoir semés en mettant la Méditerranée entre eux, roulant à toute berzingue dans le maquis. Domy a laissé à droite Cuttoli, le village des Torre et des Squarcini, et à *ladre*, à gauche, prend enfin la direction de Sari-d'Orcino. À chaque virage, le capitaine donne un coup de klaxon impérieux. C'est l'habitude dans le sud de l'île, sur ces routes tortueuses où ne passe qu'une seule voiture à la fois. « *Fonce, Alphonse* », applaudit Jean Seberg, comme dans le film avec Belmondo.

Les portières claquent devant la placette de la mairie. Natale Sarrola explique que son village est le plus beau de l'île, un réflexe de maire corse, qui propose toujours d'en faire le tour, laissant en général l'institutrice à la retraite ouvrir les portes de l'église. Il promène son doigt sur la plaine de Peri, prêt à la raconter en détail, mais aujourd'hui tout le monde est pressé, Jean et Romain s'engouffrent déjà dans la mairie.

XI

Natale Sarrola a passé son écharpe tricolore, non sur sa poitrine, mais autour de sa taille, en ceinture. C'est son habitude. Les mariés sont invités à s'asseoir face à lui. Par la fenêtre ils aperçoivent les montagnes de Vizzavona ; à l'horizon se détache la Méditerranée. Si le temps est clair, on devine l'Asinara, une île au large de la Sardaigne qui fut longtemps une prison, assure M. le maire.

Jean extirpe un poudrier de son sac en lézard, quelques grammes de nacre invisible sur son nez, et lisse furtivement l'arc de ses sourcils avec une brosse à cheveux, comme dans la chambre 12 de l'hôtel d'*À bout de souffle*. Puis l'actrice enfile une paire de gants blancs, seul indice de la pièce qui se joue, et cherche sans le trouver le sourire de Romain.

Il fait la gueule.

Il a toujours détesté les registres qui cadenassent la vie, débusquent les pas de côté et les petits mensonges, emprisonnent les vagabondages. Les indiscrétions l'angoissent, cela vient de loin. Dans *La Vie devant soi*, Madame Rosa s'était fait fabriquer un éventail de faux papiers pour échapper à n'importe quelle heure à toute forme d'inquisition. Quelques jours avant son union avec Lesley Blanch, en 1945, il l'avait convoquée pour lui lancer d'un air grave : « *Il y a une chose que je dois vous dire. Je crois qu'il faut que vous le sachiez, je suis juif.* »

L'état civil lui rappelle trop souvent qu'il est partout un passager en transit. Sa ville de naissance a changé trois fois de nom. Il doit expliquer à chaque fois, c'était Wilna quand je suis né, en 1914, ville de l'Empire russe, Chateaubriand l'écrivait ainsi, puis Wilno, la ville de ma petite enfance lorsqu'en 1918 elle était devenue polonaise, et désormais Vilnius. Lui-même a plusieurs noms. Il s'appelait Roman Kacew, prononcez Katsef, s'il vous plaît. Sur le registre d'état civil de Londres, en 1945, pour son premier mariage, c'était Gary de Kacew. Il a été naturalisé français en 1935 et a pris officiellement son nouveau patronyme en 1951.

Le cousin François a recopié dans le gros cahier les indications transmises. Il reste quelques fautes, mais tous ces mots russes et anglo-saxons, le pauvre, il n'a pas l'habitude. Le maire n'a plus qu'à en donner lecture, dans son français rocailleux : « *Le seize octobre mil neuf cent soixante-trois à seize heures en la maison commune ont comparu publiquement Romain Gary né le huit mai mil neuf cent quatorze à Wilno (Russie) fils de Leiba Kacew et de Mina née Josel…* »

Nous y voilà. Léon Kacew, le fourreur, administrateur de la synagogue de Vilnius, qui avait quitté sa mère alors que Romain était enfant. Celui qu'il aurait tant aimé remplacer par Ivan Mosjouskine, immense star du cinéma muet des années 1930 rangée au musée des antiquités avec l'apparition du parlant. Il traquait ses points communs avec l'acteur, mêmes pommettes d'Asiate, façon identique de croiser les jambes… « *Tu ne trouves pas qu'il me ressemble ?* » Il réclamait le verdict de témoins neutres, comme son voisin, ami et éditeur Roger Grenier. Sans rien dire à personne, il avait même offert le renouvellement de la concession de Mosjouskine au cimetière russe de Sainte-Geneviève-des-Bois, raconte son fils Diego.

Tout avait changé quand il avait découvert les conditions de la mort de Léon Kacew pendant la guerre. « *Je ne sais pas si Kacew était mon père,* disait-il déjà à Lesley Blanch, *mais tout ce que je sais, c'est qu'il a disparu dans les fours à gaz de Treblinka, et à partir de ce moment il est devenu mon père.* » Le registre du mariage agit telle une ardoise magique. À Sarrola, on solde aussi les mensonges.

Le 16 octobre 1963 ont comparu, poursuit le maire, Romain Gary, « *… demeurant à Sarrola-Carcopino, exerçant la profession de diplomate, divorcé de Lesley Stuart Blanch par jugement de divorce rendu par le tribunal de grande instance de la Seine le trois juillet mil neuf cent soixante-trois, transcrit à Paris (premier arrondissement) le cinq* *septembre mil neuf cent soixante-trois, ordonnance de résidence séparée du vingt-cinq avril mil neuf cent soixante-trois, d'une part...* ». Demeurant à Sarrola ? Mariage oblige, l'écrivain-diplomate s'est inventé une nouvelle résidence.

« *... et la dame Seberg Jean Dorothy,* poursuit la voix monocorde, *née le treize novembre mil neuf cent trente-huit à Marshalltown, comté Marshall, Iowa (USA), fille de Edward Seberg et de Dorothy Arline Benson, domiciliée à Paris, 108, rue du Bac suivant autorisation provisoire de séjour n° C.C.2.287.018 délivrée par la préfecture de Police à Paris le deux octobre mil neuf cent soixante-trois et valable jusqu'au vingt-deux décembre mil neuf cent soixante-trois, divorcée de François Fernand Moreuil par jugement de divorce rendu par le tribunal de grande instance de la Seine le dix-huit juin mil neuf cent soixante-deux, et transcrit le vingt-trois octobre mil neuf cent soixante-deux, exerçant la profession d'actrice, d'autre part.* »

Jean Seberg dispose d'une autorisation de séjour sur le sol français de trois mois seulement. En juillet 1963, le couple a dîné à la Maison-Blanche avec John et Jackie Kennedy, mais les relations diplomatiques sont des plus fraîches entre la France et les États-Unis. Le régime gaulliste cherche alors à sortir du commandement intégré de l'OTAN et à fermer les bases militaires américaines. Jean vient aussi de participer à la grande marche de Washington en faveur des droits civiques des Noirs américains, celle où Martin Luther King a lâché une bombe : « *I have a dream…* »

Pourquoi, à la lecture du gros registre ouvert sur la table de la salle des mariages, cette mise à nu administrative m'émeut tant ? Romain, Jean, un Juif, une « mauvaise » Américaine, deux exilés de l'intérieur qui se marient dans les montagnes corses. Deux voyageurs cosmopolites, au sens donné par Valery Larbaud à ce joli mot lessivé depuis par les antisémites et les xénophobes. Sarrola, lieu choisi presque par hasard, village médian où on aurait planté une épingle, sur un planisphère, pile entre les ghettos de Pologne et la puritaine Iowa. Sarrola par défaut, puisque aucune commune n'avait pu retenir ces destins extraordinaires.

« *Les futurs époux ont déclaré qu'il y avait contrat de mariage. Ce contrat a été passé le dix octobre mil neuf cent soixante-trois devant Me Bernard Robineau, notaire à Paris, 8, rue de Maubeuge, Paris 9e. En présence de Charles Valère Feuvrier, général de division aérienne, commandeur de la Légion d'honneur, croix de guerre 39-45, croix de guerre TOE, croix de la Valeur militaire, médaille de la Résistance, Royal Air Force Cross et Mme Feuvrier née Françoise Bardey, témoins majeurs demeurant 16, rue Alexandre-Lange à Versailles (S.-et-O.) qui lecture faite ont signé avec les époux et nous Sarrola Antoine Natale, maire de Sarrola-Carcopino.* »

Dans la précipitation, l'essentiel a été négligé : les médailles militaires du marié. L'affront est réparé dans la marge du cahier. « *Officier de la Légion d'honneur, compagnon de la Libération, croix de guerre 1939-1945, médaille de la Résistance…* » La remise, le 20 novembre 1944, à trente ans, de la croix de la Libération, avait été l'événement « *le plus merveilleux* » de la vie de Gary. « *J'ai été un des derniers portemanteaux sur lequel on pouvait accrocher des décorations* », soupirait-il, conscient de sa chance et, disait-il, d'une forme d'imposture. « *Dans ma famille, six morts sur huit, et, parmi mes camarades aviateurs de 1940, cinq survivants sur deux cents* », avait-il chiffré dans la première préface des *Racines du ciel.*

« *Romain Gary et Jean Seberg Dorothy ont déclaré l'un après l'autre vouloir se prendre pour époux, et nous avons prononcé au nom de la loi qu'ils sont unis par le mariage.* » Les mariés s'embrassent, rapidement, sans effusion ni réelle émotion, selon Domy, chaque minute compte. Ils apposent leurs deux signatures en haut de la dernière page du cahier, seule preuve officielle que cette journée n'est pas une scène imaginée par Gary, nouveau citoyen corse. Jean réclame une séance photo, pour fixer l'instant. Romain y voit une imprudence : ne jamais s'immobiliser, la meilleure manière de ne pas se dévoiler. Il déteste les photos, ces noires compagnes du vieillissement. Allez, un petit souvenir, insiste Françoise Feuvrier devant l'air mélancolique de la mariée.

XII

La sortie se fait sur la place, au pied du monument aux morts. Tous les villages de Corse en comptent un, commente Natale, à l'exception de cinq communes. Sur certains, parfois, un seul nom gravé, répété comme une litanie : à Sarrola, ce sont les Sarrola, les Carcopino et les Battistelli, partis en pantalon garance sur la ligne de front, en 1914. Il y a moins de noms sur la pierre du mémorial de ce village que d'hétéronymes et de masques de Romain Gary.

En Corse, avant la Grande Guerre, on donnait toujours aux enfants et petits-enfants le nom des disparus. Ainsi l'exigeait la morale insulaire, ainsi tournait la roue de la vie. C'était pratique, on n'avait pas besoin de s'inventer des destins. La première photo, ce fut, hélas, aussi souvent la dernière, celle d'un garçon en uniforme, en 1914, avant de partir au combat. Mais, contrairement à leurs parents, les fils de la famille conservaient enfin une image, une trace, pas seulement le patronyme usé d'une même lignée.

Ils sont six aujourd'hui sur la photo. Les mariés posent au milieu. Jean est beaucoup moins chic que dans *Jours de France*, où elle affichait collier de perles et chignon. Une brise a fait voler ses cheveux. Peut-être pense-t-elle à la robe longue de Givenchy choisie il y a moins de quatre mois, lors du dîner à la Maison-Blanche, à ses jolies sandales, au nœud noir dans ses cheveux. Il faudra qu'elle prévienne Jackie Kennedy qu'elle n'a pas suivi ses conseils et qu'elle est passée devant le maire.

Pour la mariée, on a arraché à la hâte au maquis un triste petit bouquet. Domy se propose de prendre le premier cliché : il sera pour l'album des Gary et des Feuvrier. Le général saisit l'appareil pour la seconde, où Domy prend soin de ne pas trop se rapprocher de l'épouse du haut gradé. Ce sera un souvenir pour son officier, qui s'est si bien débrouillé.

Comme le sourire forcé de Jean tranche avec les clichés pris à Venise ! Le *spleen* slave, la *tosca* – cette mélancolie indéfinissable qui tombe d'un coup sur Gary et dont Lesley parlait si bien –, enveloppe à son tour les montagnes et la mariée. C'est une mauvaise solitude, qui étouffe au lieu d'aider à respirer.

Lui fait l'intéressant, un gamin potache, et forme avec son majeur et son index un « V » levé au-dessus de sa tête. Un clin d'œil à la croix de Lorraine, à moins que ce ne soit pour saluer un mariage victorieux de deux divorces, d'une foule de paparazzis et d'un mur d'hostilité. Sur la photo prise par Domy, il a rangé sa blague dans sa poche. Jean, semble-t-il, n'avait pas apprécié ce geste de fanfaron. Elle sourit d'ailleurs encore un peu moins.

Elle aurait pu se marier à Hollywood. À l'église anglicane du cours Grandval, à Ajaccio ; au temple d'Aullène, perdu dans l'Alta Rocca ; ou même à Cuttoli, de l'autre côté de la vallée, mais Gary n'aime pas les édifices religieux. Elle n'a pas pu choisir un intime pour témoin et se marie dans une assemblée d'un autre âge : le marié, le général Feuvrier et monsieur le maire sont tous trois nés en 1914. On peut rêver mieux pour le *D-day* du grand amour, en cette année 1963 où Bob Dylan, qu'elle adore, chante à l'Olympia, et où *Salut les copains* réunit cent cinquante mille fans de Johnny pour une folle nuit place de la Nation.

Leur petit garçon de quinze mois n'a pas eu droit au registre du mariage. Éloigné de sa mère, sans cesse en tournage, il gazouille en espagnol et appelle Eugenia, sa nounou espagnole, « maman ». Jean l'a raconté à Denis Berry, un jeune réalisateur qu'elle épousera plus tard : au fond d'elle-même, elle ne pardonne pas à Romain la longue solitude qu'il lui a imposée et son absence à son chevet, avant la naissance de Diego. Non pas le 26 octobre 1963, date longtemps restée officielle, pour épargner la famille luthérienne et sauver les convenances gaullistes ; mais le 17 juillet 1962, à deux heures du matin. En Espagne, selon les livres informés.

« *Naissance à Charquemont.* » C'est pourtant l'adresse que le fils de Jean et de Romain a glissée, l'air de rien, dans un portrait que lui a consacré *Le Monde*, en 2009, pour la sortie de son beau et inquiétant roman. On avait demandé à Diego Gary de baliser sa vie en cinq dates. Il avait donné pour premier repère ce lieu de naissance et l'année 1963. Charquemont, c'est le village des Feuvrier, les accommodants témoins du mariage de Sarrola, un lieu que connaissent presque tous les invités de la noce : lorsqu'il leur servait de chauffeur et les menait de Versailles à leur maison familiale, Colonna-Cesari passait parfois la nuit chez le frère du général, sur un matelas de fougères. Est-ce là, comme l'indique l'acte de naissance, que Jean, enceinte, a souffert de l'absence de Romain ? Ou bien plutôt à Barcelone ? Pour son fils aussi, Gary excelle dans l'art de fabriquer des faux papiers ou de transformer les vies en romans.

Avant de reprendre la route pour l'aéroport, Jean se souvint que, dans *Bonjour tristesse*, Preminger avait inventé un procédé absolument inédit au cinéma : le passé et le bonheur filmés en couleurs, le présent en noir et blanc, comme trois ans plus tard avec Claude Lelouch dans *Un homme et une femme*, comme dans toutes ces histoires où des amours d'apparence glorieuse tutoient déjà leurs ombres.

« *Quel effet cela fait-il de se sentir passionnément aimée ?* demande l'ambassadeur à Erika von Leyden dans *Europa*, le roman que Gary publie dix ans après son mariage.

— *Vous d'abord,* murmure-t-elle.

— *L'impression de poser pour le portrait d'un autre. Et vous ?*

— *Une certaine tristesse à l'idée que je suis seulement en train de rêver.* »

XIII

Le maire de Sarrola avait ensuite filé à l'anglaise jusqu'à Campo dell'Oro, où patientait l'avion du retour. Dans ce champ d'or, Abel Gance avait tourné la scène de la fuite de l'Empereur : sur les dernières images de *Napoléon*, on aperçoit la tour de Capitello, sur la plage d'Aspretto. Pas le temps pour les jeunes mariés d'une mostelle fraîchement pêchée au bar du Tahiti, sur le sable du Majorque ou du Ricanto, ni même d'une escapade aux *cuttaci*, les cottages du quartier des Étrangers, à Ajaccio. « *Je vous écrirai un petit mot quand vous pourrez parler* », avait crié Gary à Sarrola, les mains en porte-voix pour couvrir le bruit des moteurs en préchauffage.

À Domy, l'écrivain n'avait pas adressé les mêmes recommandations qu'à M. le maire.

L'officier était habilité secret-défense, inutile de lui rappeler les consignes de silence. « *Si vous avez besoin de quoi que ce soit, vous pouvez venir me voir* », avait seulement lâché le marié à l'officier. Jean Seberg avait aussi remercié l'intendant général de son mariage, avec un « *bon sourire* ».

L'invitation de Gary n'était pas tombée dans l'oreille d'un sourd. Natale Sarrola avait entendu le mot d'adieu du prix Goncourt. Il avait appelé Domy aux Invalides, à Paris. « *Le général ne pourrait-il pas aider pour un petit-parent ?* » Un des neveux du maire se trouvait en prison. « *Faites-moi un papier et j'expliquerai* », avait répondu le capitaine Colonna-Cesari. Domy se souvient aujourd'hui que, quelque dix semaines plus tard, le prisonnier s'était retrouvé loin des barreaux.

Le soir du 16 octobre, le journal de l'ORTF n'avait pas dit un mot du mariage des deux vedettes. Comment aurait-il su ? Dans l'actualité, les obsèques de Jean Cocteau et le souvenir d'Édith Piaf, qui venait de mourir, occupaient toute la place. On avait aussi parlé du voyage du général de Gaulle et de son épouse, invités par le chah d'Iran à Téhéran. « *Les deux pays sont éloignés géographiquement, mais proches dans leurs principes et dans leur foi dans l'avenir* », soulignait aux informations Reza Pahlavi.

Au village, Martine Pieri avait guetté toute la soirée le retour de Natale. Elle avait la manie de tout savoir. Alors qu'elle descendait des vignes, en fin d'après-midi, elle avait remarqué la voiture du maire sur la place du village, un horaire guère dans ses habitudes. Elle avait attendu assise sur le muret. Mais Natale lui avait fait signe de déguerpir en croisant les bras sur sa poitrine : interdiction d'entrer dans la *casa comuna*. Martine n'avait eu que le temps d'apercevoir un couple s'éclipser de la salle des mariages. « *C'étaient des Russes ?* » « *Des étrangers* », avait balayé le maire.

Il fallut cinq jours à la presse parisienne pour découvrir le pot aux roses. *The novelist and the actress* : elle avait raté le mariage de l'année. Les correspondants de la presse internationale furent sommés de monter au village et de traquer M. le maire jusque dans ses vignes : cette année-là, les vendanges avaient été très tardives. « *Je ne suis au courant de rien… Je n'ai pas célébré de mariage depuis août !* » leur ment Natale en roulant ses « r ». Sarrola ne compte que trois lignes téléphoniques. La 7, numéro de l'épicerie du village, sonne sans interruption. Au fil des heures, les Sarrolais se prennent au jeu et se mettent à brouiller eux-mêmes les pistes : oui, ils ont peut-être aperçu une « *beauté aux cheveux courts* », croisé une « *apparition* » en blanc…

L'agence Reuters lâche sa dépêche : « *Jean Seberg, the film actress, and Romain Gary, novelist-diplomat, were married secretely in the little Corsican town of Sarrola-Carcopino.* » Le maire est contraint d'avouer. Il le fait comme toujours dans une pirouette : « *J'ai été plus discret qu'une urne puisque j'ai tenu cinq jours !* » Achille de Susini, de l'AFP, se rattrape en bidonnant un peu : il prétend avoir tout vu des fourrés où il était caché. Mais, faute professionnelle, se trompe de jour dans sa dépêche.

Soucieux de donner un peu de rationalité à ce mariage éclair, les localiers inventent, comblent le vide de détails, extrapolent. Le choix du village « *résulte d'une minutieuse enquête menée par l'écrivain* » qui « *avait écrit à M. Sarrola* », explique l'un. Un autre assure que Sarrola-Carcopino était « *bien un des villages où, sans fracas, un tel événement pouvait se dérouler dans une discrétion totale. La route qui y monte découragerait les curieux les plus acharnés car, bien que nationale, cette voie de communication est creusée de fondrières traîtresses et, d'ailleurs, n'est plus goudronnée au-delà de la localité* ».

Aucune photo de la noce n'accompagne le scoop dans la presse. « *Romain Gary et Jean Seberg tels qu'on aurait pu les voir dans leur découverte d'un village pittoresque* », légende *Nice-Matin* sous un cliché exhumé des archives : le couple, en croisière, semble en voyage de noces. La presse insulaire compare le sourire des mariés à celui de « *Rainier de Monaco et Grace Kelly* ». Une analogie que Gary apprécie : il aime depuis toujours l'image qu'offre son couple et le regard qu'on porte sur eux.

Tout à coup, *Le Provençal*, quotidien des radicaux, a une idée. Il rappelle que Sarrola-Carcopino « *a vu naître* » le père du poète Francis Carco ainsi que Jérôme Carcopino, l'historien de la Rome antique (et ministre de Pétain). « *L'académicien, qui doit forcément connaître Romain Gary, son collègue ès littérature, n'aurait-il pas recommandé ce petit (et joli) village dont il est lui-même originaire ?* » s'interroge le journal. Démenti formel du maire : c'est « *tout simplement parce que je connaissais Romain Gary et que j'avais été présenté à lui, il y a deux ans, par des amis communs* ». Malgré toute sa sympathie pour cet élu qui lui donne si souvent des tuyaux, la presse locale se voit obligée d'avouer qu'elle a « *l'impression que Natale Sarrola ne se confesse pas totalement* ».

Nice-Matin, lu par les gaullistes, assure que les mariés ont embarqué à dix-neuf heures du port d'Ajaccio, comme dans la dernière scène d'*Adieu Philippine*, le film si nostalgique de Jacques Rozier. On a vu le couple monter la coupée du *Napoléon*, le beau paquebot de la Compagnie transatlantique, cette fameuse *french line* qui unit la France à l'Amérique. Le correspondant du *New York Times* fut sommé de confirmer la fausse information.

Chacun imagine le couple commander un *drink* au fumoir de première classe, s'embrasser devant le vitrail représentant l'Empereur, pourquoi pas s'enrouler dans une couverture sur les transats du pont, abandonnant le fond de cale aux légionnaires à képi blanc ? On rêve leur traversée vers le port de Nice, la longue coque blanche effilée du « Napo » dessinant un sillage pareil à la traîne d'un voyage de noces. Comme dans le roman d'Agatha Christie, ils ne sont que sept petits nègres, ce jour-là, à savoir que ce scénario est bidon. Seuls les fantômes de Romain et de Jean voguaient sur le paquebot, assure Colonna-Cesari : ils étaient repartis par les airs comme ils étaient venus.

L'orchestre d'A Stella joue sa dernière valse. « *Ils en ont brodé des choses avant que j'ouvre ma bouche,* soupire mon cavalier, *mais puisqu'ils sont tous morts, maintenant...* » La nuit est tombée sur le dancing. Les derniers couples regagnent leur voiture, des yeux jaunes de chat brillent dans le noir. Le dancing ferme ses portes, laissant Gary et Seberg, deux âmes mortes que le chariot d'étoiles emporte loin de Ribba.

XIV

En 1971, on apprit le divorce de Romain
Gary et Jean Seberg. « *Mariage dissous par jugement de la 1ʳᵉ chambre, 1ʳᵉ section, du tribunal
de grande instance de Paris le 1ᵉʳ juillet 1970.* »
L'annonce avait résonné comme un coup de
fusil. Le 2 octobre, le maire de Sarrola porta
lui-même à la main l'annotation sur le registre,
dans la marge, à côté de la mention des décorations rajoutées par Gary le 16 octobre. Puis
il rangea le gros volume des mariages sur une
étagère de la *casa cumuna*. Le mariage était
archivé.

Voilà ce qui arrive avec les vedettes, soupira
M. le maire, qui comme tous les Corses n'aimait pas trop les accidents conjugaux. En juin
1968, Jean était partie six mois dans l'Oregon
tourner *La Kermesse de l'Ouest*, un western

musical. *I was born under a wandering star* : le film eut hélas beaucoup moins de succès que la chanson. D'habitude, Romain accompagnait sa femme et ne la quittait pas des yeux. Il louait une chambre à part loin de la caravane de production, afin de la garder rien que pour lui. Il apprenait aussi le métier, l'air de rien, suggérant même parfois des modifications au scénario : dans *L'Amant de cinq jours*, une réplique vient de lui. Mais cet été-là, il était occupé avec la promotion de *La Danse de Gengis Cohn*, son roman sur la judéité.

Jean a laissé pousser ses cheveux et porte une stricte robe de quaker, à col montant. Sur les photos du tournage, elle joue aux cartes avec une flopée de hippies enrôlés comme figurants. Lee Marvin et Clint Eastwood, deux géants du cinéma, encadrent la jeune fille. Incapable de résister à ses désirs, elle tombe dans les bras du second. Eastwood est, depuis toujours, l'idole de son père.

On a toujours cru que Jean avait laissé Clint indifférent, c'était faux. « *I adore her. I was kind of nuts about her* », a récemment avoué l'acteur américain. Gary l'a deviné et débarque pour provoquer l'acteur en duel. Le divorce se profile, « *pour au moins conserver les bons souvenirs du passé* », dit Gary, qui, chose hallucinante, annonce leur séparation lors d'une conférence de presse improvisée, devant son fils.

Jean implore dans une lettre : « *Pardonne-moi si tu peux, Romain, pour la souffrance que je t'ai infligée. Je n'ignore pas que c'est plus facile à dire qu'à faire.* » De son côté, Gary répète comme un mantra : « *Nous sommes trop proches pour qu'un divorce puisse nous séparer.* » Ils n'avaient pas eu le temps de se préoccuper l'un de l'autre, le dénouement était inéluctable, mais la dissolution du régime matrimonial était une issue trop banale pour eux. C'était l'époque où des couples d'artistes et d'intellectuels de gauche, Sartre et Beauvoir, Montand et Signoret défiaient le mariage bourgeois en montrant qu'ils étaient plus soudés qu'une convention notariale. Il fallait faire mieux.

À nouveau Gary se lance dans l'éloge de la vie à deux au moment où il acte sa séparation. « *Nous avons essayé de ne pas gâcher l'idéal du mariage. Nous avons donc divorcé* », aux torts partagés. Leurs métiers, écrivain et actrice, se révélaient incompatibles. Ils avaient vécu ensemble dix ans, dont huit maritalement, ils s'inventeraient une géométrie de couple inédite, de longs moments l'un près de l'autre.

Leurs noces à Sarrola n'avaient pas été un conte de fées, leur vie après le divorce deviendrait une légende. « *Au-delà de l'amour et au fond de l'amour il y a une symbiose fraternelle,* disait désormais Gary. *Il ne s'agit presque pas de sentiment ni même de romantisme, mais de physiologie. Je ne cherche pas à exhorter le couple comme une sorte de pérennité exemplaire, ce qui est important chez un homme et une femme c'est la fraternité.* » L'éternel roublard sortait de son sac des tas de jolies formules, inventées a posteriori, mais qu'il mit en application.

Ils continuèrent à s'appeler *darling*, ou *chéri*. Ni amants ni simples amis, mais aimantés par des sentiments indéfectibles. Il avait épousé ses faiblesses, l'avait protégée de l'Amérique par le parapluie du mariage, gardée des hommes, et surtout d'elle-même : il ne voulait pas qu'un divorce la jetât à nouveau en pâture. Elle était chaque jour plus fragile. Gary, le romancier, dont les plus beaux personnages de roman sont des enfants, était resté trop fils pour bien se sentir père. Pourtant, à eux trois, ils restaient une famille : les Gary.

En 1972, Jean épousa à Las Vegas Dennis Berry, le fils de John, fameux réalisateur américain victime du maccarthysme. Lorsque le jeune Berry tenta de la convaincre d'écrire la saga de sa *lost* génération, elle avait songé à prendre pour nom de plume le pseudonyme d'« Emily Mermonts ». Emily, comme la poétesse Emily Dickinson, cette Américaine qui avait choisi de vivre recluse. Mer-monts, l'eau et les montagnes (*See-Berg*, en allemand), du nom de la pension où Mina et Romain avaient vécu à Nice. Elle avait besoin de rester rattachée à eux.

Rue du Bac, on éleva une porte de fer au milieu de l'appartement. Jean savait toujours où trouver Gary. En dehors des essaims de jeunes filles qui défilaient chez lui, rien d'autre ne l'intéressait que travailler, lire, écrire. « *J'ai fait l'amour avec des femmes de tous les âges, de toutes les couleurs, de toutes les nationalités. C'était, après l'écriture, mon activité principale.* » Gary avait besoin de se convaincre qu'il était un homme à femmes. Je m'attache très facilement, répétait-il de livre en livre. Jean ne pouvait vivre sans l'épaule d'un homme. Elle disait « *Je t'aime* », sincèrement, à chaque nouvel amant.

Elle n'avait pas couru les meetings des Black Panthers à l'inverse de Jane Fonda ou Candice Bergen, mais était devenue une militante fervente de la cause noire, et finançait ses activistes. Depuis 1969, le FBI la persécutait. Filatures, fouilles des bagages à chaque voyage, surveillances téléphoniques... Elle figurait sur la liste noire de son patron Edgar Hoover, comme Marlon Brando, Paul Newman ou Ernest Hemingway. Elle était le maillon faible. « *Oui, nous l'avons diffamée pour la neutraliser* », confirmera plus tard un agent du FBI.

Juste avant son divorce, elle avait rencontré au Mexique, où elle coulait une liaison passagère avec l'écrivain Carlos Fuentes, un jeune activiste du coin, Carlos Navarra. *Love story* incandescente et fugace, durant laquelle fut conçu un enfant. Le *Los Angeles Times* comme le très sérieux *Newsweek* assurèrent pourtant que l'actrice était enceinte d'un de ses anciens amants, un leader des Black Panthers. Le FBI avait décidé d'ériger l'actrice en ennemie de la « *sécurité nationale* ». Pour la presse patriote, il fallait qu'elle fût plus que la Dissidente ou la Scandaleuse : l'Amorale.

Jean avait alors fui en Espagne, cédé à une crise de démence, trouvé refuge en Suisse, où elle accoucha d'un enfant mort-né, deux mois avant le terme. L'actrice acheta un cercueil de verre pour jeter au visage de l'Amérique la couleur de sa petite fille : blanche. Ce n'était pas une question de couleur, mais de vérité – celle qu'on lui apprenait à dire à l'école du dimanche. Gary n'était plus son mari ; pas davantage le père de sa petite fille que l'amant noir imaginaire du FBI, mais en homme d'honneur, il reconnut le bébé. Détail bouleversant, Jean avait appelé son enfant Mina, comme la mère de Romain.

Après ce jour, son regard avait changé. Il pétillait moins. « *Un complot de mon pays pendant ma grossesse a causé de la mort de ma fille* », expliqua-t-elle, pour mettre des mots sur la monstruosité des hommes. C'est vraiment dégueulasse, croyait-on l'entendre s'écrier. Entre séjours en clinique et cures d'antidépresseurs, elle assurait qu'« *ils* », là-bas, au FBI, écoutaient ses « *oreilles* ». Elle entendait des voix. « *Parfois je pense qu'il aurait mieux fallu que je brûle sur le bûcher* » de Jeanne d'Arc, soupirait-elle.

Le 108, rue du Bac restait ouvert – Jean avait même emménagé dans la cour avec Dennis, qui avait réussi à monter pour elle *Le Grand Délire*. Après qu'un amant activiste des Black Panthers eut menacé le jeune Diego, Romain avait demandé la garde de son fils, mais il était toujours là pour elle, y compris au téléphone pendant les tournages au bout du monde. Il s'inquiétait. Parfois Jean apparaissait dans le bureau de l'écrivain, en chemise de nuit, pour lui lire un de ses derniers poèmes. Il la raccompagnait avec douceur par les épaules. D'autres fois elle sonnait plusieurs fois à la porte puis s'enfuyait en courant, comme une gamine. Gary restait patient.

Il avait tenté de réaliser des films pour elle. Avant *Kill !*, un polar sanglant et déprimant où Jean traquait les narcotrafiquants sous une perruque afro comme dans un jeu vidéo, il tourna à Séville *Les oiseaux vont mourir au Pérou*, un scénario tiré d'une de ses nouvelles, parue dans *Playboy*. Jean y jouait une nymphomane frigide, sur une plage couverte d'oiseaux morts, au sud de l'Espagne. Derrière son viseur, il l'appelait « *Seberg* », elle répondait : « *Darling* ». Il exigeait qu'elle se débarrassât de cette extrême pudeur qui désolait Godard mais faisait aussi tout le charme de la petite Américaine. Gary voulait qu'on oublie un peu son visage pour lui donner un corps.

Preuve de l'importance que Jean avait pour lui, il lui avait confié son grand secret : l'invention d'Émile Ajar. Une espièglerie en forme de comédie yiddish, devenue une des plus belles mystifications littéraires lorsqu'en 1975 ce double remporta le Goncourt avec *La Vie devant soi*, dix-neuf ans après *Les Racines du ciel.* Paul Pavlowitch, un petit-cousin à la mode de Bretagne, avait accepté de jouer dans les médias le rôle de l'usurpateur.

À son fils, Gary avait dit un jour : « *Tu sais, tout ça, je l'ai fait pour toi.* » Madame Rosa, c'était Eugenia, la nounou espagnole qui avait élevé Diego et qui, elle aussi, rue du Bac, aurait bien eu besoin d'un ascenseur pour ses jambes, malades de phlébite. Mais Gary avait surtout créé Ajar parce que ses propres livres n'avaient plus la cote. La gauche avait toujours ignoré « *l'écrivain du régime* » ; la critique ne jurait plus que par le Nouveau Roman – la mort du récit et la fin du personnage, tandis que lui ne jurait que par Cervantes, Balzac ou Hugo. Il avait inventé Ajar parce qu'il en avait marre de sa légende qui faisait de l'ombre à sa propre œuvre. Il voulait s'extraire de ce personnage joué longtemps dans la presse mais qui désormais le ligotait dans un rôle : « *On m'avait fait une gueule.* »

« *Je me suis bien amusé* », concluait *Vie et mort d'Émile Ajar*, testament littéraire publié après son décès et qui révélait l'imposture. Pas si sûr. Le tour de passe-passe avait dépassé ses espérances, remisant définitivement Gary au rang des *has been* tandis que Pavlowitch commençait à voler de ses propres ailes. Ces jongleries commençaient à lui empoisonner l'existence – à le rendre fou, lui aussi.

Selon Romain, Jean ne pouvait rien sans lui. « *Je veux qu'après ma mort quelqu'un se souvienne de moi avec gratitude ou peut-être même avec un soupir* », disait-il déjà quand il venait de la rencontrer. « *Romain a tant besoin de moi, il faut l'empêcher de sombrer* », confiait de son côté Jean à Bernard-Henri Lévy au Twickenham, rue des Saints-Pères, pub qu'elle quittait vacillante, après deux ou trois scotchs, pour regagner sa Renault 5. Deux infirmes de la vie qui se pensaient indispensables l'un à l'autre, c'était l'une des faces secrètes, mais magnifique, de leur amour.

XV

Un jour d'été 1979, le village de Sarrola apprit aux informations télévisées que Jean Seberg avait été retrouvée, enroulée dans un plaid, sur la banquette arrière de sa R 5, dans une rue du XVIᵉ arrondissement. Morte. Plus de huit grammes d'alcool dans le sang, l'équivalent d'une bouteille de whisky, et pourtant nul cadavre en verre à ses pieds. Elle ne portait pas non plus ses lunettes de vue, sans lesquelles elle ne pouvait pourtant pas conduire. Elle venait d'avoir quarante ans. Près d'elle, sur une feuille de papier avion bleu ciel, un petit mot pour Diego : « *Pardonne-moi. Je ne peux plus vivre avec mes nerfs. Sois fort. Tu sais combien je t'aime.* »

Elle avait disparu une semaine plus tôt, après la projection au cinéma Drugstore des

Champs-Élysées qui donnait *Clair de femme*, tiré du roman de son ancien mari. Dans son adaptation Costa-Gavras était resté fidèle au livre de Gary. Pour une fois le film avait plu à l'écrivain, il l'avait écrit au cinéaste. Un homme et une femme ravagés, défaits chacun par leur histoire d'amour passée, mais gardant la tête hors de l'eau grâce à leur rencontre. Ils n'avaient pourtant qu'un sac de larmes à s'offrir. L'amour est une dévoration mais lui seul donne un sens à la vie : dans une France giscardienne désormais privée de De Gaulle, où les couples commençaient à voler en éclats, il restait l'ultime aventure de Gary.

« *Une femme envahissante, c'est une femme qui n'est pas là, et qui est envahissante par son absence* », disait Montand à Romy Schneider. Sur l'affiche du film, à côté des acteurs dans leur trench, une Renault 5 blanche, comme celle de Jean. La police n'a jamais établi le suicide, mais quelques semaines auparavant, elle avait tenté de se jeter sous une rame de métro, à la station Montparnasse. Un homme l'en avait retenue. Ce n'était pas la première fois qu'elle tentait de mourir. « *Tu sais, un jour, ta mère y arrivera* », avait prévenu Gary devant son fils.

Après la mort de Jean, « Costa » avait ressenti des remords : sans doute aurait-elle aimé jouer le rôle de Lydia à la place de Romy. Il n'avait pas pensé à sa « vieille » amie, « *l'immigrée* », comme il l'appelait en riant au téléphone. « *Bonjour, l'immigré* », répondait-elle à son tour. En 1978, l'image de désaxée de l'actrice effrayait Hollywood et le cinéma français. Jean parlait d'une voix étrange, à la cantonade, mais plus personne ne l'entendait.

Au fil des années elle avait pris le visage de *Lilith*, film tourné l'année de son mariage à Sarrola. Pour comprendre la folie, elle s'était enfermée alors dans des hôpitaux psychiatriques. « *Tous ces films où on voit les gens hurler et crier et faire des grimaces, c'est absolument et ignoblement faux. La vérité c'est que la folie, c'est comme un appareil photographique qui est net, et qui devient flou, et net, et flou*, expliquait-elle alors devant une caméra de télé. *C'est ça qui vous tue.* » Elle soulignait aussi que c'était sur les « *gens les plus brillants, et les plus lucides, et les*

plus sensibles, et les plus doux, et les plus drôles »
que tombait la folie.

Elle venait de rencontrer Ahmed Hasni,
un jeune Algérien trafiquant de stups, voleur
et violent. En mai 1979, elle avait décidé de
l'épouser – hors de toute légalité, puisque son
divorce avec Dennis Berry n'était pas prononcé. Peu après le mariage, elle avait croisé
Frédéric Mitterrand dans le hall de la salle art
et essai L'Olympic. « *Tu connais Ahmed, mon
mari ?* » avait-elle lancé provocante. Même
pas un beau et vrai voyou à la Poiccard, s'était
désolé Mitterrand en contemplant Hasni. Il
s'était dit que sa chère actrice avait cherché
dans cette brute abominable l'homme qui l'ai-
derait à finir sa vie.

Deux jours après la découverte du corps
de la star, Gary tint, avec son fils Diego, une
conférence de presse chez Gallimard, rue
Sébastien-Bottin. Encore une. L'écrivain voulait clamer au monde que la mort de Jean
n'avait aucun rapport avec *Clair de femme*,
mais tout à voir avec Hoover. « *Dans les journaux on a dit qu'elle était schizophrène, qu'elle*

était folle, qu'elle était dingue, qu'elle se droguait, que ceci, que cela. Personne n'a vérifié. Moi je vais vous dire qui a assassiné Jean Seberg. Jean Seberg a été détruite par le FBI. »

Gary avait lu un de ces memoranda secrets, estampillés « *Jean Seberg / Racial matters* », qu'il avait soutiré à l'ambassade américaine. Le FBI y parlait de « *perverse* » et d'« *extrémiste à neutraliser* », dont l'image devait être « *salie* ». L'écrivain avait aussi adressé une lettre ouverte à *France-Soir* : « *Depuis l'âge de quatorze ans, cette fille du Middle West soutient le droit des Noirs dans son pays. Alors, il fallait à tout prix prouver qu'une femme blanche qui croit encore au rêve américain de justice et de fraternité, le rêve de Jefferson et de Lincoln, ne s'intéresse en réalité aux Noirs que parce que ceux-ci sont devenus chez les dingues racistes des symboles très attirants du fruit défendu.* »

À Marshalltown, le père de Jean, conservateur et anticommuniste, décrocha pour toujours la bannière étoilée du perron de sa maison. Lui, le Yankee irréprochable, tournait le dos à l'Amérique et à sa culture morbide du complot. Le pavillon de l'*American flag* ne flotta plus jamais sur la façade de cette maison où petite fille Jean chantait *God bless America*.

Du jour de la mort de Jean, Romain n'avait plus jamais écrit. Il s'occupait à mettre de l'ordre dans son œuvre, remaniant ses livres, les réussis comme *La Promesse de l'aube*, mais aussi les plus moyens. Il avait laissé à Robert Gallimard et à son avocat, Georges Kiejman, des instructions concernant *Vie et mort d'Émile Ajar*, où il dévoilait en détail la supercherie : *Gros-Câlin*, *La Vie devant soi*, *Pseudo* et *L'Angoisse du roi Salomon*, c'était lui. Il rédigea également de nouvelles dispositions testamentaires pour « émanciper » son fils Diego, qui était encore mineur. Il préparait sa sortie.

Quinze mois plus tard, le 2 décembre 1980, il déjeune avec son éditeur Claude Gallimard au Récamier, à Sèvres-Babylone, tout près de l'hôtel Lutetia. À quatre heures et demie Gary rentre chez lui, rue du Bac, sous une neige fondue, et s'allonge sur son lit. Sur l'oreiller il dispose un peignoir rouge acheté, sur le chemin du retour, aux Laines Écossaises, boulevard Saint-Germain. Il attrape son Smith &

Wesson, rabat la couverture et se tire une balle dans la bouche.

Il était entré en possession de ce revolver de calibre 38 spécial avant les noces de Sarrola. Le général Feuvrier, son témoin de mariage, lui avait délivré le permis de port d'armes numéro 63 « *pour l'exécution de missions spéciales qui lui incombent* ». Le militaire ignorait que les écrivains sont toujours leurs plus sûrs ennemis : comment imaginer qu'il allait retourner le revolver contre lui ? D'après les procès-verbaux, frappés sur la carcasse et le barillet, sept chiffres, 7099-983, qui ne correspondent à aucun numéro de fabrication ou de série. Et pourquoi, chez Domy, cette étrange certitude qu'il s'agissait de l'arme un jour offerte à Feuvrier, aux Invalides ? Le général en aurait-il fait présent à Gary, confiant sans le savoir la destinée de l'écrivain à la Corse, emmêlant le fil de la mort à celui de l'amour ? Vertige et tourbillon.

Pas davantage que Marshalltown, Vilnius, Paris, Hollywood ou l'Académie Goncourt, Sarrola ne sut que penser des mots laissés au pied du lit et de sa vie : « *Aucun rapport avec Jean Seberg.* » Son fils émit l'idée que son père se serait suicidé bien plus tôt s'il n'avait craint de le laisser seul face à une mère si angoissante : dans ce funeste calendrier, elle d'abord, lui ensuite, il voulait voir le signe d'un « *savoir-vivre à en mourir* ».

On apprit lors de ses obsèques, le 9 décembre 1980, dans la cour glacée des Invalides, que Gary avait souhaité la dispersion de ses cendres au-dessus de la Méditerranée : au large de la promenade des Anglais, qu'il arpentait avec sa mère ; de la tour de Roquebrune, occupée par Lesley, sa seule locataire ; face aux rivages de la Corse.

ÉPILOGUE

Personne, à Sarrola, ne l'avait reconnu le jour de son mariage en douce. Personne, quinze ans plus tard, ne l'a vu davantage remonter au village.

C'était en 1978, à la toute fin du mois d'août. Le futur producteur de disques Bertrand Burgalat avait quinze ans. Son père, Yves Burgalat – encore un gaulliste –, avait été nommé préfet de Corse et régnait sur une île fébrile : le siège de la cave d'Aléria avait révélé au continent les premiers soubresauts du nationalisme. L'adolescent aimait déjà la musique mais suivait sagement les cours du Laetitia, après ceux du Fesch, le prestigieux lycée d'Ajaccio, aussi colonial derrière ses palmiers que la résidence du gouverneur de Hanoï.

Aux beaux jours, les Burgalat déjeunaient et se baignaient au Sheraton Cap, sur la route de Coti-Chiavari : un charmant village où Agatha Christie, encore elle, aurait trouvé refuge après un terrible chagrin d'amour. Depuis son ouverture en 1968, à Paris, *Le Nouvel Observateur* faisait chaque semaine la clinquante publicité de cet hôtel « *luxueux et moderne* » posé sur un promontoire et de son « *panorama* ». Il est devenu le Sofitel d'Ajaccio mais ressemble toujours à une immense demeure américaine surplombant le golfe clair. Face à lui, la route des Sanguinaires, qui semble vouloir longer la Corse mais finit par plonger dans une impasse paradoxale : trois îles, trois points de suspension que le soleil vient chaque soir embraser.

C'était juste avant la rentrée des classes. « *Au bord de la piscine extérieure, celle qui surplombe les rochers et la mer, j'avais d'abord aperçu Rolf Liebermann* » et sa tonsure blanche, raconte le producteur de musique Bertrand Burgalat. Le directeur de l'Opéra de Paris était venu se reposer de *La Cenerentola* et *Samson et Dalila*, avant la dernière saison de sa carrière.

« *Un peu plus loin, sans qu'ils ne se parlent* », sa mère lui signale aussi la silhouette de « *Romain Gary, solitaire, avec ce visage impassible qu'on lui connaît* ». Le diplomate avait conservé sa chemise, ses chaussures, son pantalon. Il ressemblait au personnage de Hockney, tout habillé, qui regarde un nageur dans une piscine, à ses pieds.

Était-ce cette année-là que l'écrivain était remonté à Sarrola ? Ou un peu plus tard, durant l'été 1979 ou 1980 ? L'Ajaccien Jérôme Camilly ne s'en souvient pas. Ce journaliste d'Antenne 2 et ami de Kessel s'était attelé en 1977 avec Romain Gary à une fresque sur les Compagnons de la Libération. L'idée venait de l'éditeur Jean-Claude Lattès : Gary était resté sept ans sous les drapeaux, mais n'avait jamais consacré de grand roman à l'épopée des mille trente-huit soldats de l'ordre gaulliste, cette troupe dont il se sentait parfois le frère aîné.

Il restait chaque jour un peu moins de fidèles du Général, faisait remarquer Lattès : André Malraux, le frère en héroïsme et en mythomanie de Gary, venait d'ailleurs de mourir. Malraux et Gary s'étaient connus en 1935 et ne s'étaient jamais perdus de vue. Deux petits garçons grandis sans père, et qui s'en étaient inventé un. Deux patients du même psychiatre parisien, deux hommes facinés par Jean. Jusqu'à la fin de sa vie, le ministre de la Culture écrivit à Seberg ; elle avait confié à Berry que Malraux aurait aimé l'épouser.

Chaque semaine, pendant un an, Gary le Parisien et Camilly le Corse s'étaient retrouvés rue du Bac pour parfaire leur saga sur les Compagnons. Ils fignolaient leurs interviews et la liste des intervenants. L'appartement résonnait de leurs grosses voix. « *Chaban, il n'est pas arrivé un peu tard, non ?* » grognait à chaque fois Gary. « *Pourquoi untel et pas tel autre ?* » soupirait l'ancien aviateur de l'escadrille *Lorraine* devant son verre d'armagnac. On sentait le désespoir affleurer sous les questions.

Peu à peu Gary avait semblé se détacher de la réalité, du livre et du documentaire. Il disparaissait en voyage sans prévenir. Son téléphone sonnait dans le vide. Un jour de

1979, il avait tout envoyé promener. « *Tout choix serait arbitraire et injuste.* » Pourquoi le « *vedettariat* » pour certains et l'ombre pour les autres ? « *Il faudrait ressusciter le témoignage des morts. La croix que nous avons reçue de De Gaulle est d'abord un poids d'égalité.* » Il n'avait plus l'énergie de raconter des histoires, ni même de mettre en scène la Grande. Camilly avait compris qu'il n'avait plus qu'à rentrer dans son île, chez lui.

« *Où passes-tu l'été ?* » demanda Gary à son ami corse. Le Faubourg Saint-Germain est désert au mois d'août : il n'est pas fait pour être vidé de son sang, et devient une essoreuse à cafard. Le vieux feutre tout crade que lui a offert John Ford pendait dans l'entrée de la rue du Bac. Gary laissait mirages et chimères reposer sur ses meubles comme une couche de poussière. Le tableau d'Olivier Debré, qu'il avait demandé à Jean de lui laisser en souvenir de leur amour grand format, son Jan Lebenstein, ses lampadaires en bronze, rien n'avait bougé d'un millimètre depuis que Jean l'avait quitté. La bibliothèque dessinée par Diego Giacometti, le frère d'Alberto, ne parvenait plus à meubler son spleen. Sur la banquette en velours, les peaux de bique lui rappelaient les défuntes années hippies.

« *Il avait son mystère comme nous avons la Corse. Il y avait, en lui, un domaine dont on savait qu'on ne l'éclairerait jamais* », écrivait Malraux à Mauriac au sujet du général de Gaulle. « *Je voudrais voir la mer. Je peux te rejoindre dans quelques jours ?* » propose lui aussi Gary à Camilly. L'écrivain réserve au Sheraton Cap un vol d'avion pour la Corse et une chambre « *avec vue sur la Méditerranée* ». « *Emmène-moi faire un tour* », téléphone dès son arrivée le prix Goncourt. Camilly arrive au volant de sa « *vieille Renault 12* », Romain s'assied à la place du mort. « *Quittons le Sheraton. Prends le rond-point... Reviens vers Ajaccio... Tourne à droite... Monte à gauche... Reprends par là...* » L'écrivain connaît parfaitement le souvenir qu'il veut atteindre.

Camilly, ce guide improvisé, n'avait pas songé un instant à un enfantillage sentimental, ni à un pèlerinage suicidaire. Comment aurait-il pu ? Gary n'avait jamais lâché un mot au sujet de son mariage sur l'île. L'Ajaccien s'était seulement demandé pourquoi, ce jour-là, son ami s'extasiait tant devant ce « *beau village* » de Sarrola, pourtant jamais signalé pour son pittoresque par les guides ou les cartes postales. En Corse, on dit que les écrivains sont un peu comme les escrocs : ils finissent par ne plus démêler la vérité de leurs propres impostures. « *À rombu di sunnià a so vita, ellu diventò u sonniu di a so vita* » – « *À force de rêver sa vie il devient le songe de sa vie* ».

Pour écrire ce récit, j'ai lu Romain, un regard particulier *et* Voyage au cœur de l'esprit *de Lesley Blanch,* Flashback, *livre de souvenirs de François Moreuil,* Diane ou la Chasseresse solitaire *de Carlos Fuentes, et aussi, bien sûr,* S. ou l'Espérance de vie *d'Alexandre Diego Gary. Les biographies de Jean Seberg par Garry McGee et Maurice Guichard m'ont été précieuses, comme celles de Romain Gary par Dominique Bona et Myriam Anissimov.*

Je n'oublie pas l'album des photos de Jean Seberg paru au Mercure de France et préfacé par Antoine de Baecque, le Cahier de l'Herne *sur Romain Gary,* The Films of Jean Seberg *de Michael Coates-Smith, le merveilleux* Tombeau de Romain Gary *de Nancy Huston, et le récent documentaire* Éternelle Jean Seberg, *d'Anne Andreu.*

REMERCIEMENTS

Mon immense reconnaissance à Domy Colonna-Cesari, ordonnateur de ce mariage secret, qui a jugé, à quatre-vingt-quatorze ans, qu'il pouvait se délier de son serment. Je le remercie pour sa confiance et ses leçons de tango. Merci aussi à son gendre Christian Lagresle.

Sans Diego Gary qui m'a autorisée à publier une photo du mariage de ses parents dans *M*, le magazine du *Monde*, en 2014, je n'aurais jamais eu l'occasion de dénouer les fils de cette journée. Tous mes remerciements, donc, à lui et à mon journal.

Alexandre Sarrola, maire de Sarrola-Carcopino, m'a aimablement ouvert les portes de sa mairie et confié le registre de son grand-père. Merci aussi à Isabelle Leca, Martine Pieri et à Marie-Jeanne Poggiale, les vestales du village, au journaliste Jérôme Camilly et au musicien Bertrand Burgalat, témoins du retour de Romain Gary sur les lieux de ses noces, ainsi qu'à Jean-Pierre Mattei, fondateur de la Cinémathèque de Corse.

Dennis Berry a épousé Jean Seberg à Las Vegas en 1972. J'ai beaucoup appris de nos discussions, comme de mes échanges avec Paul Pavlowitch, alias Émile Ajar, toujours disponible.

Merci à Costa-Gavras, à Me Georges Kiejman et à Frédéric Mitterrand pour leurs souvenirs.

Jean-François Hangouët, méticuleux archiviste et chroniqueur de la geste garienne, m'a aidée dans ce voyage de cinquante ans en arrière, comme Philippe Kohly, réalisateur de *Romain Gary, le roman du double*. Merci à Marie-Dominique Lelièvre, fine biographe de Sagan et Bardot, et, enfin, à Michael Coates-Smith, excellent connaisseur de Jean Seberg, pour nos conversations par-dessus la Manche.

À un demi-siècle de distance, Olivier a joué le photographe inspiré de ces noces fantômes.